Ayasuke Nakanomura
ナカノムラアヤスケ
Illustration
をん
2

「ユキナ君！」
「え、ちょっ！　キュネ――んんっ!?」
キュネイ
高級娼婦

ユキナ × ただの村人

「ふふふ。どう？
この格好は」

「おおりゃああああああああっっっ!!」

「ミカゲさんの想いを受け入れてあげて、ユキナ君」
「……ユキナ様」
ミカゲ×獣人

勇者伝説の裏側で俺は英雄伝説を作ります
～王道殺しの英雄譚～ 2

Ayasuke Nakanomura
ナカノムラアヤスケ
Illustration
をん

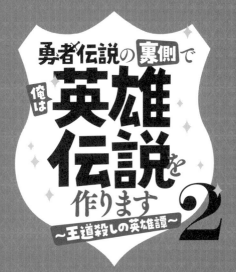

CONTENTS

俺は勇者伝説の裏側で英雄伝説を作ります 2

side healer 2（前編）

その日、私——キュネイの機嫌は上々であった。

町医者として昼間に仕事をしていると、来訪した何人もの患者に『何か良いことあったのか？』と同じことを聞かれてしまった。機嫌の良さが顔に出てしまうほどだったようだ。

先日にユキナ君と〝デート〟をしてからずっとこうだ。

あのとき、私は彼の言葉に感極まり思わず彼の胸に飛び込んでしまった。今思えば恥ずかしい気持ちで一杯だったが、それと同じくらいに胸の中に温かい思いが残っている。

必要なこととは言え、私は己の躯を売ってきた。そうしなければならなかったのだ。だが、心のどこかではそんな自分に後ろめたさを感じていた。

——娼婦なんて女として最低の職だ。

——私の躯はこの世で最も汚れている。

——自分はおそらく、まともな死に方はしないだろう。

普段は気にしない風を装っていながら、そんな考えが常に頭の片隅に浮かび上がっていた。町医者を営んでいたのは、そんな自分でもまともな人生を送っていると己に言い聞かせたかっただけなのだ。

——娼婦ってのは立派な職業だと思うぞ、俺は。

ユキナ君は肯定してくれたのだ、こんな私を。

認めてくれたのだ、娼婦としての自分を。

――娼婦《わたしたち》がいるからこそ、頑張れる人たちがいる。

世間からすれば『娼婦』とは唾棄すべき職業だろう。

でも違ったのだ。

私は自分のことしか見えていなかった。娼婦《わたし》を求めてくる人たちのことを考えていなかった。

私たちは男性を奮い立たせることができる。

私たちを〝買う〟ために身を粉にして働き、そして私たちを抱いて心と体の充足を得る。

娼婦は躯を売る仕事だ。確かに世間には受け入れがたい職業。でも、だからこそ、男たちを慰めることができる。

おそらくユキナ君は、そこまで深く考えてはいない。

ただ思ったままを正直に。それこそ彼自身が抱いている心境を口にしただけ。

それでも、彼の言葉で私の〝世界〟は変わった。

私は己を恥じなくて良いのだと教わったのだ。

「ふふふ……♪」

気が付くとまた鼻歌を奏でていた。

今は患者がいないとはいえ、薬の調合を行っている最中なのだ。集中しなければならない。ただ、鼻歌を止めても頬が緩んでしまうのは止めようがなかった。

娼婦である己を受け入れられるようになった私だったが、同時に二つ困り事ができてしまった。

一つは、いつも頭の中でユキナ君の顔が浮かんで来てしまうこと。このせいでいつも気分が浮ついてしまう。

これはまだ良い。

問題は二つ目。

気分の浮つきが極まりすぎて――。

――躯がユキナ君を求めてしまうようになってしまったのだ。

そしてその弊害で、ユキナ君《あのひと》以外に抱かれたくないと思ってしまうのだ。

「はぁ……これじゃいよいよ、初恋に振り回される生娘じゃないのよ」

生娘にしては少しアグレッシブな気もするが、それを除けばまさに年頃の乙女だ。仮にも王都で名の売れている娼婦にしてはあるまじき話だ。

ただ――わからない話でもない。

私はこれまで躯を売ってきたが、心までは売ったことはない。あくまで仕事として割り切り、客を満足させる心遣いはしてきたがそれだけ。

心から、誰かを――男の人を求めた経験がほとんどないのだ。

幸い、夜の仕事をしなくてもしばらくは保つ。ただ、いつまでもこのままでもいられない。時間が経てばいずれは絶対に娼婦として仕事をしなければならないときが来る。

それなら、私を認めてくれたあの人に、身も――それこそ心すら抱きしめて欲しい。そんな気持ちが日を追うごとにどんどん強くなっていくのだ。

そう思っていながらも――彼に抱かれる己を想像すると顔が赤くなってしまう。娼婦としてこれまで何人もの男に抱かれながら、馬鹿な話だが彼との〝情事〟を想像して羞恥心が溢れ出してしまうのだ。

というか、今まさに顔が火照っている。

「あーだめだめ。これ以上考えたら色々我慢できなくなる」

ピンク色に染まり始めた思考を、頭を振って霧散させる。

困ったのは、恥ずかしいと思いつつも紛れもなくそれを望んでいる自分がいる。次にユキナ君に会えるのはいつになるだろうかと、ふとした瞬間に考えてしまうのだ。

ユキナ君は傭兵として活動しており、請け負った依頼の成功報酬で私を〝買う〟資金を貯めている。

彼が資金を貯めるのが先か、それとも私の限界が来るのが先か。

もういっそのこと、娼婦としての立場を抜きにして彼に抱かれるのも悪くないと、そう思ってしまう。

ただそれは、これまで娼婦として活動してきたプライドが少し邪魔をする。

というか、ユキナ君と初めて出会った時に『タダで抱かれたら、コレまで私にお金を掛けてきた客に申し訳が立たないの』ともっともらしい言葉を口にしてしまっている。

これで今更、あの言葉をなかったことになどできない。そんなことをしたら人として――女として駄目な気がする。こんな一度言ったことをコロコロと変えるような輩など、ユキナ君も抱きたいとは思わないはずだ。

あるいは、私の吐いた言葉を問答無用で吹き飛ばしてしまうような〝何か〟があれば――。

「――なんて、都合が良い話があるはずもないか」

溜息交じりに肩を落とした。

その〝何か〟が目前に迫っているなど、このとき私は予想だにしなかった。

side healer 2（中編）

俄《にわか》に外が騒がしくなってきた。荷車が近くに止まる音と、誰かしらの叫び声が重なって聞こえてくる。

私は作業の手を止めて何事かと窓へと目を向けた。

そして——診療所の扉が荒々しく開かれた。

「キュネイという町医者の診療所はここですか⁉」

勢いよく扉を開け放ち中に入ってきたのは、銀髪の狐耳を持った女性獣人。武器を帯びていることから傭兵だ。その表情は焦燥《しょうそう》に満ちており、私はただ事ではないのを察した。

私は調合台から立ち上がると、彼女に声を掛けた。

「私がキュネイですが」

「あなたがっ！」

銀髪の女性は飛びかからんばかりの勢いで近づき、私の肩を掴んだ。

「彼を……あの人を助けてください！」

肩を掴む手には強い力が籠もっていた。痛みに僅かに顔を顰《しか》めたが、それを女性に悟らせないようにやんわりと彼女の手首を握った。

「落ち着いてください」

彼女の瞳をまっすぐ見据え、ゆっくりと力強く言った。

「――っ⁉　……申し訳ありません、焦りすぎていました」

私の声がしっかりと届いたようで、女性は僅かながらも冷静さを取り戻したようだ。私の肩を掴んでいた手をゆっくりと解いた。

こういった人は初めてではない。身内が大怪我した人が診療所に駆け込んだ際によく見られる。対応の仕方も慣れていた。

私はさりげなく己の肩に弱い治療《ヒーリング》を使い、痛みを和らげながら女性に語りかけた。

「急患はどこですか？」

「し、診療所の前で、荷車の上に寝かせています。なるべく揺らさないようにとの指示がありまして」

「わかりました。あなたの他に人手は？」

「な、何人か一緒に……」

「ではそちらに担架がありますので診療所の中に運び込んでください。これまでと同様に、なるべく揺らさないようにお願いします」

彼女は頷くと私が示した担架を掴み、大急ぎで外に飛び出した。

その間、私は患者を受け入れる準備を手早く行う。最初の慌てぶりを見る限り、これから来る患者の状態はかなり悪いはず。大掛かりな処置が必要になってくる可能性もあった。時間は短いが現時点でできる限りの準備をした。

——私は絶句した。

担架を運び込んできたのが王国の兵士であったり、それに付き添っていたのがあの『勇者』であることにも僅かばかり驚いた。

けれども、それ以上に担架で運び込まれてきた急患が——ユキナ君であったことに比べればほんの些細なことであった。

意識を『医者』に切り替えていなければ、彼を見た瞬間に悲鳴を上げていたに違いない。そうでなくとも身体中の熱が奪われるかのような錯覚に陥っていた。

「そこの……台に、ゆっくりと乗せてください」

私は辛うじて口調だけは冷静に、兵士たちに指示を出した。

診療台に乗せられたユキナ君の意識はなく、その顔は蒼白であり生気が感じられない。

一見すれば無傷のようだが、医者としての経験則からくる〝勘〟が激しい警告音を鳴らしていた。

私はまず医療魔法『透視《スキヤン》』を使った。

本来は患者の皮膚を透過し、その内部——筋肉や骨、内臓の状況を把握するための魔法。だが私は服の一枚や二枚程度なら、そのままでも患者の体内を診察することができる。

——私はまたも言葉を失った。

全身のありとあらゆる筋肉や骨がボロボロであり、内臓にも損傷が見られる。今は辛うじて命を繋いでいるが、このまま放置すれば確実に死に至る重傷だ。

「キュネイ先生、彼は……」

名を呼ばれ、私は我に返った。気が付けば自身の指先が凍えるほどに冷たくなり、小さく震えている。

私はその震えを誤魔化すようにぐっと手を握り、女性の方へと向き直った。

「どうして……彼をここに連れてきたのですか」

自分が言ったとは思えない冷たい声。女性が僅かに驚く。

「見てのとおり、この診療所の規模は小さい。町に行けばもっと大規模で設備の整った病院もあったはずです」

私の言っていることは決して的外れではない。むしろ当然のことを説明しているだけだ。

なのにまるで、ユキナ君を拒絶するような口調。普段の私であれば絶対に口にしない言葉が溢れた。

「そもそも、この診療所は表通りとはかなり離れた位置にあります。見たところ、彼の搬送を手伝ってくれたのは王国兵士。彼らの伝手があれば軍病院を利用する手もあったはずです」

――違う。

「そんな……あなたは彼を見捨てるつもりですか⁉」

女性はまたも私の肩を掴んで揺さぶる。

――本当は違うのだ。

「私は現実的な話をしているだけです。今からでも遅くはありません。急いでもっと設備の整った病院に連れて行くべきです」

淡々と答えながらも、私は必死で懇願してくる彼女と目を合わせられなかった。

私は――怖いのだ。

路地裏であれば刃傷沙汰は珍しくない。そしてその場所で医者を営んでいる以上、そう言った患者が運び込まれることもままある。

そして、手の施しようがなく命を落とした患者を看取ってきたこともあった。悔やむ気持ちはあったが人の命に携わる仕事である以上、人の生死に対してはある程度割り切るしかない。そうしなければ潰れてしまう。

けれども、今回は違う。

もし私がユキナ君を死なせてしまったら――そう考えるだけで心が潰れそうになる。

そうなったらおそらく私は立ち直れない。一生悔やみ続けることになる。

それが……堪らなく怖い。

「相棒の目は節穴だったみてぇだな……こんな女を抱くために身を粉にして傭兵稼業に精を出していた相棒が不憫でならねぇよ」

――そんな私に声が掛けられた。

side healer 2（後編）

目の前の女性が発した声ではない。けれど、確かに私の耳に届いた。

私の疑問をよそに、〝声〟が続いた。

「やっぱり『娼婦』ってのは平気で身を売るし平然と男を裏切る、どうしようもねぇ奴らみたいだな」

「――――っ‼」

恐怖で凍り付いていた心に火が灯った。

――怒りという名の火が。

「あなたに何がわかる……」

自分の手で大切な人を死なせてしまうかもしれない。その恐怖がどれほどのものか……それを知らずによくも――。

「おおわからねぇさ！　目の前で死にかけてる男を見捨てるような薄情な女の気持ちなんざよ！」

ユキナ君《このひと》が認めてくれた、私の誇り。

それを侮辱されて、私の心は白熱した。

私が怒声を発するよりも早くに、声が響いた。

「あんたはこの男を――ユキナって男を助けたくねぇのか‼」

「そんなの――」

私を認めてくれた彼を。

生まれて初めて、私を肯定してくれた彼を。身も心も委ねたいと思ったユキナ君を‼

「――助けたいに決まってるじゃないの‼」

――それは一人の女が発した、偽らざる本心の叫び。

心を凍てつかせていた恐怖は、強い感情が発する熱で溶けて消えた。

「……なんだ、だったらするべき事は決まってるじゃねぇか」

――そうだ、何を躊躇《ためら》う必要があるのだろう。

普通の手段では今のユキナ君を救うのは難しい。

だったら、普通ではない方法を使えば良いのだ。

無意識に避けていた、けれども私だけが使える禁じ手。

――もしかしたら〝これ〟を使えばユキナ君に嫌われてしまうかもしれない。もう二度と、私に近付こうとしないかもしれない。

それでも構わない。

ユキナ君に嫌われる恐怖よりも、ユキナ君を失う恐怖の方が強い。

そして、彼を失う恐怖よりも彼を救いたいという気持ちの方が遥かに強い。

決意は――できた。

「……どこのどなたかは知りませんが、ありがとうございます」

「なぁに、相棒だってあんたみたいな極上の美人の胸で死ねりゃぁ本望だろうよ。悪かったな、あんたを侮辱するようなことを言って。後で好きなだけ罵ってくれや」

とんでもない。おそらくは私を焚き付けるために狙ってやったことだろう。だったら責めるのはお門違い。こうしてユキナ君を救うための決意ができたのだから感謝するほどだ。

――ところで、この声の主は誰なのだろうか。

男性の声《それ》である以上、銀髪の女性ではありえないし、診療所にいる兵士たちや『勇者』ではないようだ。私が眼を向けても誰もが首を横に振っている。

ふと、兵士の一人が持っていた黒と朱塗りの槍が目に付いたが――声の主が誰かを詮索するのは後回しだ。

「お待たせしてしまって申し訳ありません。すぐに治療に取りかかります」

「お願い――してもいいのですか？」

今にも泣き出しそうな女性に対して、私は宣言した。

「絶対に彼を助けます。私の誇りにかけて」

――どんな手を使ってでも。

言葉にせず、私は内心で付け足した。

回復魔法は使い手の魔力によって対象の治癒力を一時的に活性化させて傷を癒やす魔法だ。つまり、使い手の魔力を消費するだけではなく、施される側の体力も僅かながらに消費される。

上位の魔法になればなるほど施される側の体力消費は抑えられ治癒の効果も上がるし、傷の具合が酷ければそれを治癒するための魔力も対象の体力も消費量が上がってしまう。

今でこそこれは回復魔法の使い手にとって常識ではあるが、昔は重傷者に何も考えずに回復魔法を使い、体力が枯渇して死ぬケースが多かった。

そして今のユキナ君。最低限の応急処置が施されるのみ。その選択肢は正解だ。

ユキナ君は辛うじて生き残っているという状態で、これ以上に回復魔法を使えば生命力が枯渇し、怪我が治っても死に至るだろう。応急処置を施した者も、回復魔法の使用を最低限に留めたのもこのためだ。

きっと、王城勤めの——宮廷魔法士であったとしても、これほど重傷の患者を治療するのは難しいだろう。一夜で死に至る時間を二夜に……あるいは数刻ほど引き延ばすのが精一杯に違いない。

——一番の問題はやはり生命力の枯渇だ。

「改めて礼を言う。よく決心をしてくれた。おそらく、あんたにとってはかなり辛い選択をさせただろう」

「お礼はユキナ君を治療した後でお願い」

相変わらずあの『声』が診療所内に響く。いま部屋の中には私の他に人影はない。

私は『治療のため』という体裁で、私以外の全ての人間は診療所の外へ出てもらった。女傭兵の狐獣人や『勇者』は食い下がろうとしたが、私は頑として譲らず半ば強引に追い出した。

残されたのは、兵士の一人が携えていた黒と朱塗りの槍だけだ。

今からユキナ君に施すのは、私が己に禁じていた〝処置〟だ。

どうやら〝声〟の指示によってユキナ君はこの診療所に——私の下に運ばれたらしい。そして今の言葉を聞く限り、〝声〟は私の〝秘密〟に関しても察しが付いているとみて間違いない。

問い質したい気持ちはあるが、今は何よりも優先すべきことがある。

私が躊躇っていたために、貴重な時間を消費してしまった。こうしている間にも彼の容態はどんどん悪化している。これ以上無駄に時間を掛けてはいられない。

私はもう一度ユキナ君の顔を見る。

今は血の気を失い、苦悶の表情を浮かべている。

ふと、以前に私へ向けてくれた笑みが重なって見えた。

もう一度、ユキナ君の笑顔を見たいと、心の底から思う。

だからこそ、やるのだ。

「さぁ……いくわよ私」

己に言い聞かせるように呟き。

私は今まで隠していた〝私〟を解放する。

「ん……くぅぅ……ふぅぅ……」

躯の中で熱が膨れあがり、全身に行き渡るのを感じる。久しく感じなかった〝それ〟に意図せず声が漏れた。

外見からは判断しにくいだろうが。私の肉体は今、人間の肉体《それ》から〝本来あるべき姿〟を取り戻し始めているのだ。

「あぐぅっ…………っっっ‼」

こめかみが、一際強い熱を帯びる。

「ぐぅぅぅぅっっっっ…………っっっ！」

痛みすら伴いそうなその感覚を、歯を食いしばって耐える。肉が内側から裂け、骨が砕けるような痛みに躊躇《ちゅうちょ》しそうになるが、私は己を叱咤し一気に〝それ〟を続けた。

「ぐっ……ぁぁぁあああああっっ‼」

――時間にすれば一分にも満たない。けれども、私には一時間にも二時間にも感じられた。

体内を駆け巡っていた熱が引くと、私は〝私の躯〟を壁に備え付けてある鏡で確認した。

全体的には変わりはない。

ただ一点。

側頭部にある〝角〟を除けばだ。

「……久しぶりね、これをするのは」

捩《ねじ》くれた角に手を触れると、指先に硬質な感触があり、角からは己の指が触れているのを感じた。

この角は間違いなく、私の躯から生えている私の一部なのだから当然だ。

娼婦という職を続けなければならなかった理由。
私にとっては最も忌むべき自身の〝秘密〟。
こんな躯を持って生まれて、私は己の出自を憎んだ。
――けれども、この瞬間だけは感謝したい。
この角が――こんな私であるからこそ、ユキナ君を助けることができる。
ユキナ君の頬にソッと手を触れると、凍えるような冷たさが伝わってきた。
若干の躊躇いを今度こそ捨て去る。
私は、ユキナ君の唇に顔を近づける。
重傷を治すための生命力が枯渇しているならば、外部から生命力を分け与えれば良い。
私だけが使える魔法。
「『生命譲渡《トランスファー》』」
私はそっとユキナ君と唇を重ね、生命力を受け渡す。
――絶対に、この人を助けてみせる！
その強い決意を胸に――私は治療を開始した。

30 いっぱいのようですが

最初に感じたのは温もりだった。

指先まで覆っていた凍えるような冷たさがゆっくりと解けていき、心地よい感覚が全身に行き渡る。

どれほどその心地よさに浸っていただろうか。

――目が覚めると、俺はベッドの上で寝かされていた。

「……どこだよ、ここ」

額に右手を当て、ぼやける頭を振って俺は上半身を起こした。辺りを見渡すと、瓶や棚が多く置かれた部屋で鼻には独特の匂いが触れる。

……しばらくしてから、ここがキュネイの診療所であることがわかった。

「俺……なんでキュネイさんのところに？」

前後不覚とはまさにこのことだろう。記憶が曖昧で何がどうなっているのかさっぱり分からない。

……と、未だ重たい瞼をどうにか持ち上げると、自身の左手に目が行った。

――左手の甲には、俺が生まれてからこれまでなかったはずの大きな痣《あざ》が存在していた。

じっくりと観察してみるが……。

「……火傷なんかしたか？」

駄目だ。意味がわからない。

困り果てているところに、馴染みの声が聞こえた。

「よぉ相棒！　おはようさん！　派手な寝坊だなぁ！」

「……大声で叫ぶなよクソ槍。頭に響く」

『グラム』の声は、思考が定まらない今の俺には刺激が強すぎる。頭の中でガンガンと反響して気持ち悪くなってきそうだ。

「寝起きで頭の中ふわっふわみたいだな。ツッコミにいつものキレがないぜ」

「ああそうかい……何がどうなってんだよ」

俺はグラムを探して部屋の中を見渡す。だが、俺の『古ぼけた槍』が見当たらない。

「どこ見てんだよ相棒。ここだよここ」

声がする方に目を向ければ――ご立派な黒と朱塗りの槍が壁に立て掛けられていた。

「……え、どなた？」

「はい、期待通りの反応をどうもありがとう！　グラムだよ！　お前さんの頼れる相棒のいかしたナイスミドルな『槍』様だよ！」

「俺の知ってる槍はもっとぼろくさい中古品だぞ」

「誰が廃品直前のナマクラ不良在庫だごらぁ‼」

「……ああ、紛れもなくお前はグラムだよ」

普段通りの口調《ノリ》でようやく、あの黒塗りの槍がグラムだという現実が受け入れられた。

そこから、俺の記憶が徐々に蘇る。

犬頭人《コボルト》の厄獣暴走《スタンピード》に遭遇したこと。銀閃と出会ったこと。彼女を助けるためにコボルトキングと戦ったこと。

そして――そのときに起こった『グラム』に纏わる出来事の全てを。

俺は改めて己の左手を見た。

先程は思考がぼやけていたが、今ならはっきりと思い出せる。

コボルトキングによって一時は重傷を負っていたはずだ。だがあのときに――。

――さぁ我が主《マスター》よ、呼ぶが良い！　汝の武器である俺の名を‼

言葉に誘われるままに、俺は『グラム』の名を唱えた。

そして俺の左腕は重傷を負う前の状態に戻り、目の前には黒と朱塗りの槍が現れ。

――手の甲にこの痣が刻まれていた。

俺は現れた黒塗りの槍を手にし、どうにかコボルトキングを倒した。

けれども、その時の『反動』で躯がボロボロになり、そこで意識が途切れた。

「…………ん？　痛くねぇぞ？」

気を失う直前にまで感じていた、全身がバラバラになるような痛みが、今は感じられない。寝起きで躯が強ばっていることを除けば、むしろ前より力が漲るような気さえする。

「って、俺なんで裸なのさ」

痛みの有無を確認して、俺はようやく自身が下着を除けば素っ裸あることに気が付いた。

「そりゃアレだ。治療の一環ってやつだ」

「治療って……もしかして俺のあの怪我はキュネイさんが治してくれたのか？」

ここがキュネイの診療所であるのなら、おそらくそうなのだろう。

「まったくもってそのとおりなんだが……ちょっと右見てみ」

「は？　何を言って……」

グラムに問い返す前に、俺は自身の右隣──毛布が掛かったベッドの一部が不自然に盛り上がっているのに今更ながらに気が付いた。

目を瞬《しばた》かせた俺は、特に深く考えずに毛布を掴んで捲り上げた。

おっぱいがあった。

──俺は無言で毛布を掛け直した。

…………………………………………。

十秒ほど思考が停止した。

二十秒辺りが過ぎた頃で思考が再び回転を始め。

三十秒経った時点で一気に混乱が押し寄せてきた。

「──ッ！　──ッ⁉　──ッ⁉⁇」

混乱が短時間で頂点に達し、もはや言葉にならない声が喉から絞り出される。腕がこの心境を全力で表そうと謎の動きをしている。

「落ち着け相棒。踊っても俺の魔力は吸えねぇぞ」

衝撃との遭遇から一分が経過したところで、俺は一応の冷静さは取り戻した。妙な声も出ないし、変な踊りもしない。ただ、頭の中ではたった一つの存在で一杯だ。

——おっぱい《いっぱい》で一杯《おっぱい》だ！

「……よく考えたらおっぱいって二つだな」

「驚きすぎて思考と言動が残念極まりなくなってるぞ」

人の心読むなよ。

しかしアレだ。とにかく凄かったとしか言いようがない。

あんな大迫力《たわわ》なおっぱいを生で拝んだことは未だかつてない。感動で胸が一杯だ。

——胸《おっぱい》だけに。

「上手くねぇからな」

「やかましい」

おっぱい《たわわ》にばかり目が行っていたが、一瞬だけ見えたのは俺と同じく全裸の女性。

「何で全裸の女と一緒に寝てたんだよ俺⁉」

俺は頭を抱えた。

もしかしてあれか！

やっちゃったのか！

知らない間に大人の階段上っちゃったのか⁉

「お、思い出せねぇ……」

「とりあえず相棒が気にしているような事実はねぇからな」

「え、そうなの？」

頭を抱えていた俺だったが、グラムの言葉に顔を上げる。

安心したような、はたまた惜しいような。複雑な心境だ。

「むしろ感謝しろよ。彼女じゃなかったら、到底助からねぇ重傷だったんだからよ」

その言葉を聞いて、俺はハッとした。

先程とは違い、毛布の端を掴むと少しだけ捲り上げる。

そこには、穏やかな寝息を立てているキュネイがいた。

31 抱きしめられましたが

キュネイの寝顔はそれだけで絵になるほどに綺麗だ。ただ、俺は素直に感じ入る前にどうしても気になる点があった。

彼女の側頭部から生えている『角』が目にとまる。

「あー、相棒が気になるのも無理はないが、今はそっとしといてやれ。なにせ相棒が運び込まれてからの三日間、容態が安定してからも付きっきりで看病してくれたんだからよ」

「そうだったのか……」

だったら無理に起こすのは悪いか。

俺はキュネイを起こさないようにそっとベッドから抜け出し、立ち上がる。

手を持ち上げてぐっと握り込むと、力強さを感じる。やはり前よりも調子が良い気がするな。

「素っ裸でうろちょろすんなよ。俺ぁ野郎の裸を拝む趣味はねぇよ」

「奇遇だな。俺も槍に裸を晒し続ける趣味はねぇさ」

俺の衣服はベッドの側に綺麗に畳まれて置かれていた。キュネイが洗濯してくれたのだろうか。

服に袖を通していると、グラムが訊ねてきた。

「なぁ相棒。キュネイちゃんの角を見てどう思った？」

「どうって……まぁ驚きはしたけど」

「……それだけか？」

「角よりもおっぱいの衝撃の方がデカい」

巨乳なだけにデカい、と。

「くっそ下らねぇこと考えてるな」

「だから人の心を読むなって」

「相棒がわかりやすすぎるんだよ」

槍に心を見透かされる男とはこれ如何に……。

「でもま、相棒は相変わらず相棒らしくてよかったぜ」

「馬鹿にされてる？」

「褒めてんだよ」

槍に褒められる男とはこれ如何に……。

「ふわ…………あれ？」

若干気落ちをしていると、背後で物音。振り向けば、キュネイが目を擦りながらベッドから身を起こしていた。キュネイは己の側に俺がいないのに首を傾げ辺りを見回す。

「え？　…………ユキナ……君？」

「おう、おはようさん」

彼女がちょうどこちら方を向いたところで、俺は笑って挨拶の言葉を掛けた。

俺の顔を少しぼうっと眺めていたキュネイだったが、不意に目に涙を溜め始めた。

突然のことに狼狽する俺だったが、明確な言葉を発する前にキュネイがベッドから飛び出し、俺を抱きしめた。

「……良かった」

訥々と流れ出た言葉を耳にしてから、俺はキュネイの肩が震えていることに気が付く。

「私は……あなたを助けることができたのね……」

脳裏に先程のグラムの台詞が蘇った。

――彼女じゃなかったら、到底助からねぇ重傷だったんだからよ。

もしかしたら、俺の怪我は自身が想像しているよりも遥かに重傷だったのかもしれない。

それこそ、命を失う確率の方が遥かに高いほどに。その治療を任されたキュネイの気持ちを想像すると、どれほどの重圧が掛かったのだろうか。

キュネイに何か言葉を掛けてやるべきなのは分かっているのだが……どうにも思い浮かばない。

悩んでいると――。

『そういうときは、抱きしめてやりゃぁ良いんだよ』

グラムの念話《チャンネル》が頭に響き、俺はハッとなって壁に立てかけてある槍を見た。

相変わらず『槍』に違いはないのだが、俺はそこに良い笑みを浮かべ親指を立てた誰かを幻視する。

どうにも槍に諭されるのは癪ではあったが。

――俺はキュネイを抱きしめた。

己の背中に腕が回ったことに驚いたキュネイはびくりと固まったが、徐々に肩から力が抜けていく。それに伴い、いつの間にか震えも収まっていく。

——どれほどそうしていただろうか。

俺は気まずげに言った。

「心配……かけたみてぇだな」

「ええ、まったくよ。あなたが瀕死で運び込まれてきた時なんて、怖くて仕方がなかったんだから」

「悪い……」

「本当にね。……でも良いのよ。あなたがこうしてちゃんと目を覚ましてくれたのだから」

それにね、と彼女は続ける。

「おかげで気が付くことができたから。あなたが私の中でどれだけ大きな存在だったのかを」

「……？」

「これでも何人もの男を虜にしてきた王都きっての娼婦だったのよ。それが、まだ女も知らない男一人に振り回されるなんて」

言葉の意味がわからずに首を傾げていると、彼女がむくれるように言った。抱き合っていて顔が見えないが、声からそんな感情が滲んでいた。

「その……なんか申し訳ない」

「謝らないで。私が勝手に舞い上がっちゃってるだけなんだから」

しばらく抱き合っていた俺たちだったが、申し合わせたわけではないのに互いに抱きしめる力を緩めた。かといって相手を解放するわけでもなかった。

両者の躯が少しだけ離れると、俺たちはそのままの体勢で互いの顔を見つめ合った。

意図せずに、俺の視線はキュネイの『角』に向いてしまう。

それに気が付いた彼女が、不安げに顔を伏せた。

しばしの時を要してから、キュネイはゆっくりと顔を上げた。

「………やっぱり、『この角《これ》』、気持ち悪い？」

「いや別に」

「………………え？」

恐る恐ると言った風に訊ねてきた彼女だったが、俺の答えを聞くと今度はきょとんとした顔になった。

こう……覚悟を決めて問い質したら、予想の斜め上を行く答えを聞いたような反応だ。

「それよりもっと衝撃的なものが目の前にあるから」

確かに『角』に目線が行ったのは間違いないが、それよりも遙かに凄まじい存在が俺の間近に存在している。

俺の視線が彼女の頭部から顔へ、そこから胸部へと下がる。

――大迫力の巨乳《おっぱい》が、俺の胸元で押し潰されているわけである。

以前にデートしたときも似たようなことがあった。

あのときもキュネイの格好は扇情的ではあったが、今は完全に一糸纏わぬ全裸。ちょうど潰れてて見えないところに女性の大事な部位が隠されていると考えるとこう……堪りません。

俺の視線の行き先と顔を交互に見てから、彼女はおずおずと聞いてきた。

「えっと……もう一度聞くけど、『この角《これ》』を見て気持ち悪いとか不気味とか、そんな風には思わないの？」

「…………？　……そりゃ驚いたは驚いたけど」

何がそこまで不安をかき立てるのか、俺にはよくわからなかったが、俺は素直な気持ちを述べた。

「綺麗な女性に角が付いたくらいで、その人の美しさが損なわれるわけねぇだろ」

世の中には狐の耳と尻尾が生えた銀髪巨乳美人までいるのだし、角が生えた巨乳美人がいてもおかしくはないはずだ。

『相棒。それ、状況が違えば最悪の答えだな』

うるせぇぞグラム。

俺は槍を睨み付けてからキュネイの方を向き直ると、彼女はポカンとした顔をしていた。

……もしかして何かやらかしたか？

『やらかしたと言えばやらかしたなぁ！　俺言ったよな！　「状況が違えば」ってよぉ！』

次に発したグラムの声には愉快げな色が含まれていた。明らかに状況を楽しんでいる時の声だ。

そして――。

「……もう駄目。こんなの、我慢できるわけがない」

心ここにあらずと、うわごとのように漏れた呟きの後に。

キュネイは笑みを浮かべた。

背筋が……ゾクリと震えた。

目を腫らし涙に濡れた顔であったが、見ているだけで『魂』が奪われるかのような、妖艶で美しい表情だった。

どきりと心臓が高鳴ると、その隙を狙ったかのようにキュネイが腕に力を込め、再び俺と彼女との距離が近くなっていく。

そしてあろうことか、躯と共に顔が急接近してくる。

「え、ちょっ！　キュネ──んんっ⁉」

慌てて押し止めようとしたが時は既に遅し。

──俺とキュネイの唇が、重なった。

完全に頭が真っ白になった。

感じるのは。

唇の柔らかさと。

体温《ぬくもり》と。

息づかい。

逆を言えば、それ以外の全ての感覚が消失し、彼女との繋がりに思考の全てを支配された。

――やがて長くとも短くとも感じる時が流れて、キュネイはゆっくりと唇を離した。

「きゅ、キュネイ……さん？」

「キュネイ」

「ん？」

「キュネイって……呼び捨てにして。あなたには……そう呼ばれたいの」

口付けの衝撃も相まって、俺は促されるままに彼女の名前を呼んだ。

「きゅ……キュネイ」

心の中では結構呼び捨てにしていたが、いざ口にしてみるとこう……恥ずかしさがあるな。

俺が名前を呼ぶと、彼女はゆっくりと顔を上げた。

頬は朱に染まり、瞳は涙で潤んでおり、浮かんでいたのは、俺が見てきた彼女の顔で最も美しく輝かしい笑顔だった。

「好きよ……ユキナ君。あなたを……愛してるわ」

そして再び、言葉を失った俺にキュネイは唇を重ねた。

……………………………………。

え？　この女性《ひと》。今なんて言った？

32 天職のようですが

見ているこちらも蕩けそうになるような甘い顔をしていたキュネイだったが、途中でハッと我に返ったようだ。急激に顔を赤らめると、逃げ込むようにベッドの中に潜り込んでしまった。

――それから少しの時間が経過。

「えっと、もう大丈夫なのか？」

「うん……大変お見苦しいところをお見せしました」

「そっか。まぁ、茶でも飲めや」

「ありがとうございます……」

テーブルの対面に座るキュネイの前に、俺は淹れ立ての茶を置いた。勝手知ったる他人の家とばかりに、何度もお世話になっているので茶器の位置は覚えていた。見よう見まねで淹れたので味は保証できないが、場の繋ぎにはなるだろう。

キュネイは先程までとは違って、いつもの扇情的な服の上に白衣を纏った格好。裸には慣れているが、さすがに〝素っ裸《そのまま》〟では落ち着きがないということらしい。

俺としても真面目な話をするときに裸でいられると、嬉しくはあるが彼女の胸元に目が行きすぎてちゃんと会話に集中できる自信がない。今でも十分にちらちらと視線がそちらに吸い寄せられるしな。

俺の淹れたお茶もどきを啜り、ホッと一息をついたキュネイが、茶器を手で弄りながら上目遣いでこちらを窺う。

「……ごめんなさいね。ちょっと感極まりすぎて抑えがきかなくなって、その……キスまで」

「おおぉう」

改めて言葉にされると口付けと告白《あのシーン》を思いだし、俺まで悶えてしまいそうだ。

口から妙な声が出てしまったが、その上で俺は正直な気持ちを伝えた。

「……いきなりなのは驚いたけど、〝好き〟って言ってくれたのは間違いなく嬉しかったから……謝るなよ」

「はうっ」

「きゅ、キュネイ？」

キュネイは左胸に手を当てて俯き、何かを堪えるように肩をぷるぷると震わせた。

「こ、この子はどうしてこうも無自覚に…………将来が恐ろしすぎるわ」

「いきなり恐れられた⁉」

唐突に恐れられて俺はギョッとなった。

少しの間を置き、またお茶を口に含み喉を潤してからキュネイはゆっくりと話し始めた。

「改めて——無事で良かったわユキナ君。あなたが目覚めてくれて本当に嬉しい」

「礼はこちらの台詞だキュネイ。俺が考えていたよりも遥かにヤバい状態だったらしいな。助けてくれてありがとよ」

互いに落ち着きを取り戻したようで、俺たちは揃って笑みを浮かべた。

それから、キュネイは不安げな表情になる。それだけで、俺がこの先に彼女の口から出てくる言葉に察しがついた。

「ねぇユキナ君。もう一度聞くんだけど、この角本当に気にならない？」

キュネイは己の頭から生えている角に触れた。

「俺としちゃぁ、獣人の耳や尻尾と大差ないと思うけどな」

厳密には別物であろうが、少なくとも俺にとってはその程度の認識でしかない。

「良かった……」

特に深く考えた答えではなかったのに、キュネイは心底ホッとしたように胸を撫で下ろした。

確かに、獣耳が生えた人間の話はよく聞いても、角が生えている人間の話は聞いたことがないな。

「……詳しく聞いて良いのか？」

「ええ。むしろ、あなたには聞いて欲しいわ」

キュネイはゆっくりと深呼吸をすると、意を決した表情になった。俺にとってはそれほどではなくとも、キュネイ自身にとっては非常に重苦しい事実なのだろう。そのことが表情から窺えた。

「私はね……おそらく淫魔《サキュバス》と呼ばれている存在よ」

「おそらく？」

「幸か不幸なのか判断できないけど、私と同じように頭から角が生えた人なんて見たことないの。

だからこれは、古い文献を頼りに〝そうであろう〟という怪物の名を借りてるだけなの。実際のところは私自身にもよくわからない」

「……そもそも、サキュバスってなにさ？」

「知らなくても不思議ではないものね。何せ伝説上に存在する化け物なんだから」

――淫魔《サキュバス》とは、男を惑わせてその精気を吸い取り、挙げ句の果てには死に追いやってしまう『魔族』の一種。

キュネイの口から語られた内容を聞いてから、俺は言った。

「魔族って確か――」

「そう、魔王の眷属《けんぞく》よ」

これぱかりは俺も驚いた。

『魔族』の名前は魔王に関連するお伽噺《とぎばなし》によく出てくるので俺も知っている。

キュネイの言うとおり魔王の配下――つまりは眷属として付き従い、世界に災厄をもたらす存在として語られている。そんな者たちの名前を彼女の口から聞くとは思ってても見なかった。

魔族の多くは過去の勇者によって討滅されており、魔王が倒されたのを機に世界から姿を眩ませている。実在こそ疑われていないものの、その実態を記すのは古い文献のみだ。一般市民にとっては子供の頃に聞かされるお伽噺が数少ない情報源である。

「私も実際に淫魔《サキュバス》を見たことがないから、正確なところはよくわからない。でも私が調べた限りでは、私は淫魔《サキュバス》の持つ特徴と酷似した能力を持っているのよ」

魔族と言っても多種多様ではあるらしいが、一番の特徴は人間では持ち得ないような特殊な力を有していることが挙げられる。

――淫魔《サキュバス》という魔族が持つ能力。

「あ、それってさっき言ってた」

「人の精気を吸い取る能力。私にもその力がある」

文献で語られている淫魔《サキュバス》は男性の精気を吸い取ることに焦点が当てられているが、キュネイの場合は男女隔てなく精気を吸い取ることができるのだという。

「ねぇ、ユキナ君も疑問に思っていたんじゃない？　それなりの腕がある回復魔法の使い手であり、医者でもある私が娼婦なんて躯を売る仕事をしていることに」

「そりゃぁ、まぁ多少なりともな」

「私が娼婦をしている理由が〝これ〟なのよ」

精気を吸い取る〝吸精〟行為は淫魔《サキュバス》の持って生まれた能力であると同時に、その存在を維持するための食事でもあったのだ。

「淫魔《サキュバス》は定期的に吸精を行わなければいずれは衰弱して死に至る。そして吸精が最も効率的に行えるのが――性行為なの」

なるほど。娼婦というのはある意味、自然とエロいことができる職業だからな。やむを得ずといった面もあるのだろう。

「変な話だけど、淫魔《サキュバス》としての男の人を喜ばせる方法は本能の部分で理解できていたみたい。

王都に来る前にも色々な村や町で娼婦をしてたけど、どの場所でもしばらくすれば引く手数多になったわ」

「娼婦が引く手数多というのも、自慢にならないけど」とキュネイは苦笑した。

失礼かもしれないが、淫魔《サキュバス》のキュネイにとって娼婦という職業は天職だったのだ。

33 譲渡されていたようですが

「けど、どうしてそれを明かしてくれたんだ？　察するに、今まではずっと隠し通してたんだろ」

言葉には出していないが、おそらく淫魔《サキュバス》である事実はキュネイの人生にとって重い足枷となっていたはずだ。でなければ俺が〝気にしない〟と答えただけであれほど感極まるはずも……………唇に触れた自身以外の柔らかさを思い出して悶絶しそうになる。

「それを話す前に、まずユキナ君がこの診療所に運び込まれてきた状況を教えておくわ」

──診療所に運び込まれた時点で、俺の躯はボロボロであった。

──回復魔法を施すにも、それに耐えうる体力すら枯渇していた。

──あのまま回復魔法で治療を施せば、確実に死に至っていた。

この三点をキュネイの口から告げられた。

ある程度の予想は付いていたとはいえ、冗談抜きに俺は死にかけていた事実を突きつけられると言葉を失う。

顔色が悪くなる俺を見て、キュネイは真剣な顔で続けた。

「淫魔《サキュバス》はね、精気を奪うことができるけど、それは言い換えれば精気を明確に感じ取り、ある程度は自由に操ることもできるの」

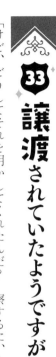

話が切り替わったことに首を傾げるが、俺は黙って彼女の話に耳を傾けた。この流れを考えれば、必要な寄り道なのだと分かる。

――キュネイは娼婦として〝客〟と躯を重ねる際に吸精を行うが、これは勝手に行われるわけではない。キュネイが〝精気を吸う〟という意思がなければ吸精は発動しないのだ。

キュネイはやがて、この吸精行為が〝魔法の発動〟に非常に似た仕組みであると理解した。

切っ掛けは回復魔法に強い才能を発現したことだ。

回復魔法は元々手慰み程度に使えてはいたが、淫魔《サキュバス》として客の精気を吸い取る行為を繰り返していると徐々に回復魔法が強い効果を発揮しだしたのだ。おそらくは〝生命力《せいき》に触れる〟という点が、彼女の回復魔法への造詣を深めたのだ。

キュネイは娼婦として吸精を行う傍らで、回復魔法を使った町医者を営み始めさらに研究を重ねた。

そしてついに、キュネイは吸精の〝奪う〟という効果を反転させて、〝与える〟という効果を持った魔法を編み出した。

「生命譲渡《トランスファー》――術者の生命力を他者に分け与える魔法よ」

「じゃあ、俺が助かったのって」

「私が生命譲渡《トランスファー》で生命力を分け与えたから」

キュネイの生命力を分け与えられた俺は回復魔法に耐えうる体力まで持ち直し、その後に怪我の治療が行われたのだ。

曰く、この魔法を習得できるのは淫魔《サキュバス》かそれに近い特性を持った存在だけ。理屈ではなく本能の部分で〝生命力〟を理解しなければならない。キュネイ以上に凄腕の回復魔法使いであったとしても、こればかりはどうにもならないらしい。

「けど、別に淫魔《サキュバス》としての正体を明かさなくても良かったんじゃないか？　生命譲渡《トランスファー》さえ使えば──」

「そうもいかないのよ、こればかりはね」

生命譲渡《トランスファー》にはいくつかの欠点があった。

その一つに挙げられるのが、今の──角の生えている状態だ。

淫魔《サキュバス》の角は当人の意思で、気軽には無理だがそれでも己の意思で出し入れが可能。普段の彼女も人間社会で生活するために角を隠して生活を送っている。吸精行為の際にも角を隠したままで可能だ。

だが、淫魔《サキュバス》としての能力を十全に発揮するためには、淫魔《サキュバス》の角を生やした状態──言わば〝淫魔《サキュバス》化〟をしなければならない。

そして、生命譲渡《トランスファー》には繊細な精気の操作《コントロール》が必要になる。

つまり、生命譲渡《トランスファー》を行うには淫魔《サキュバス》化が必要不可欠だったのだ。

「あ、もしかして一緒に寝てたのって」

「ユキナ君の容態が安定するようにね。吸精を含む精気の操作は実際に肌で触れあっていた方が緻密に行えるから」

あれは治療行為の一環だったというわけか。

――これで、キュネイが淫魔《サキュバス》であった事実と、それを俺に明かしてくれた真実がわかった。

驚きは間違いなくあったが、同時に嬉しく思う。

これまで誰にも明かしてこなかったであろうキュネイの秘密を、彼女自身の口から聞くことができた。彼女にとって、俺という存在はそれだけ特別なんだと思えたからだ。

特別――特別か………。

「キュネイ」

「何かしら？」

「さっきはその……俺って〝告白〟されたんだよな」

俺の言葉を聞いたキュネイはテーブルの上に置いた己の手を所在なさげに弄くり、顔を赤らめると――やがてゆっくりと頷いた。

「それは……男女的なアレで間違いないんだよな」

もう一度、キュネイは頷いた。いよいよ耳まで真っ赤っかだ。

――記憶違いとかではなく、本当に俺はキュネイから告白されたのか。

「……あの……もしかして迷惑だった？」

心配そうに言う彼女に、俺は全力で首を横に振った。勢いが強すぎて首から〝グギッ〟と妙な音が鳴ったが、それだけ必死の首振りだと思っていただきたい。

「……女性からそういう申し出を受けるのって初めてだったからよ。ちょっと混乱してるというか、なんというか」

『恋人が欲しい！』とか頻繁に願っていたのに、不思議な話である。いざ〝それ〟が手の届く場所に来ていると怖じ気づいてしまう。

仕方がないだろう。言ったとおりキュネイのような美人に告白されるなんて、ついぞ思わなかった。

情けない話だが、この瞬間にも「これは夢だ」と誰かに言われてもスンナリ納得できるくらい現実味がないのだ。

34 思わず『誰？』と問いかけてしまったのですが

「――まぁ、女性経験皆無の相棒にしちゃぁ頑張った方だと思うぞ？」

「うるせぇ、慰めはいらねぇよ……」

街中を歩いていると、背負っている槍《グラム》が気遣うように語りかけてきた。俺は反射的にヤサグレ気味な声で返す。

「そう言うなって。アレで完璧な対応ができてたら今頃、相棒は手の付けられない女誑《たら》しになってらぁ」

「……それは言いすぎじゃね？」

「相棒は何気に〝その〟素質を持ってるからな。気をつけろよ」

「気をつけるも何も、そんなのあるはずねぇだろ」

「あーあー、だから無自覚なタイプは嫌なんだわ」

ちょっとグラムが何を言っているのかよくわからないが。

「俺は今、人生で一位二位を争うほどに後悔してる……」

これが人が多く行き交うの場所でなければ、頭を抱えてうずくまりたいくらいだ。

――少し前に時間は遡る。

「俺は――」

「ユキナ君」

さらに言葉を重ねようとしていた俺の名を、キュネイが静かに呼んだ。俺がグチグチと言っている間に、彼女はいつの間にか席を立っていたのか、今は俺の側に佇んでいる。

自分は最高に情けない表情《つら》を晒していると予想しつつも、俺はキュネイに顔を向けた。

――気が付けば、キュネイは俺と唇を重ねていた。

「これが……私の答えよ」

唇を離すと、頬を朱に染めたキュネイが言った。

「娼婦としての私を認め、淫魔《サキュバス》としての私を受け入れてくれたあなたが、たまらなく愛おしい」

だから――と、彼女は俺の目をまっすぐと見据える。

「私が断言するわ。ユキナ君は、私が相手をしてきた誰よりも素敵な男性よ。それこそ、この身を委ねてしまいたいほどに」

「こんな俺でも……良いのか？」

「そんなあなただからこそ、良いのよ」

そして、キュネイはそっと俺を抱きしめた。

俺は椅子に座ったままであり、彼女は立った状態で、それはつまり彼女の胸元部分に俺の頭部が抱え込まれる形になるのであって。

こう――〝埋まった〟。

男としての興奮もあったが、それ以上に自分以外の温もりと包み込むような柔らかさに、俺の

内側で安心感が広がった。

「わかるわ。男の人も、初めてのことになるとどうしても自信がなくなっちゃうものね――って、他の男の話をするのは野暮か」

大事な場面でヘタレている俺の頭を、キュネイは抱きしめたまま優しく撫でる。

「大丈夫。ユキナ君の今の状態は自然のことよ。むしろ安心したわ。あなたにもそういった面があるのを知れたから」

……それは、どういう意味だろうか。

「こちらの話。気にしないで。それよりも落ち着いた？」

「……正直、落ち着かないです」

顔の圧迫する苦しくも心地よい感触で一杯一杯だ。

「けど……さっきよりは落ち着いた」

一杯一杯でちょっと落ち着かないので、俺はキュネイのたわわから脱出しようと藻掻いた。

――が、ガッチリとホールドされたままだった。

「………あの、抜け出せないんですけど」

「このままじゃ駄目？」

乳の隙間からどうにかキュネイの顔を窺うと、こてんと首を傾げ、可愛らしい笑みを浮かべていた。

〝あざとい〟って、今のキュネイみたいな反応のことを指すのだろうな。このままキュネイのおっぱいに埋もれていたい気持ちがちらっとは湧き上がったよ。

ただ、このままだとまともな話ができないのでちょっと離れてください。

それから謎の攻防《おしあい》が繰り広げられ、どうにか俺はキュネイのおっぱいから脱出した。……文字だけ聞くと凄いなこれ。

若干残念そうなキュネイに、俺は咳払いをして気を取り直す。

「……キュネイの気持ちはよくわかった──とは思う。もう疑うつもりもない。けど──」

「自分の気持ちがわからない、でしょ？」

やはり、多くの男性を相手にしてきただけあり、こちらの考えていることは筒抜けのようだ。

「好きか嫌いかで問われれば、間違いなく俺はキュネイのことが好きだ。ただ、そいつが男女間の〝好き〟かどうかは……ちょっと自信ねぇ」

ここでキュネイの告白を受け入れるのは簡単だろう。だが、俺の中にある〝好き〟は彼女を娼婦として見ているのか、一人の女性として見ているのか、判断がつかないのだ。

「………そうね。私もちょっと舞い上がって、焦りすぎてたところもあるかしら」

情け《ヘタレ》なさを露わにする俺にキュネイは失望をする風ではなく、むしろ納得したように頷いた。

「ユキナ君、今この場で無理に答えを出さなくて良いわ」

「良いのか？」

「むしろ、私の気持ちばかり伝えて、ユキナ君の気持ちを全然考えていなかったんだから。私もちょっと落ち着いた方が良いと思うの」

　でも、と。キュネイは俺の顔を掴むと少しだけ引き寄せた。

「もし君が少しでも私の想いを受け取ってくれるのなら」

　そして、額に口付けをする。

「――今夜、もう一度この場所に来て」

　少し前の一幕を振り返り、俺はキュネイの診療所を出てから何度目かになる深い溜息をついた。

「やっぱり、あの場の勢いに身を任せてしまった方が良いんじゃないかと……」

「否定はできないが……今更言っても仕方がねぇよ」

「わかっちゃいるんだがなぁ」

「ま、少なくとも夜までは時間があるんだ。その間に悩んで悩んで悩み抜きな。どんなことがあっても骨は拾ってやるから」

「それって、どんなことあっても失敗してるって意味じゃねぇか！」

　やいのやいのと言い合いながら、俺が診療所を出て最初に向かったのは傭兵組合だった。

　コボルトキング討伐の報奨金を得るためだ。

「他の傭兵や、あのとき来てた王国兵の手柄になってたらどうしようかと思ってたわ」

「その辺りは銀閃が睨みを利かせてたみたいだからな、大丈夫だろ」

　話を聞くに、俺が森で意識を失った後、銀閃は現場に居合わせた王国兵と協力して俺をキュネイの診療所まで運び込んでくれた。その後、俺の治療が終わり容態が安定した頃にやって来て、コボルトキングの討伐は正式に俺の成果として傭兵組合に受理されたことをキュネイに告げたのだという。

俺はその間に意識がなかったのでグラムからの状況報告しかなかったが、その証拠に俺の腰に備えた荷袋にはコボルトキングの討伐部位である巨大な牙がある。銀閃がわざわざコボルトキングを倒した現場に赴き、その死骸から剥ぎ取ってきたのだ。

すでに傭兵組合には話は通してあり、俺がこれを提出すれば報奨金を得られる手はずとなっている。

五級の俺でなく二級の銀閃が討伐したと報告すれば、おそらく組合はその報告を信じただろうに。

「律儀というか真面目というか……」

「ありゃ人に厳しいが、それ以上に自分に厳しいタイプだ。その手のズルは性に合わないんだろうよ」

聞く限り、銀閃は健康そのもので、怪我の後遺症もないようだ。

「あ、銀閃の狐ッ娘《キツネこ》にはちゃんと礼を言っておけよ。診療所に運び込んでくれた件もそうだが、相棒のことをもの凄く心配してたからな」

「あいよ」

今度会ったときには飯でも奢るか。

軽く考えた俺は傭兵組合の建物に足を踏み入れた。

「あ、相棒。ちょっと危ね――」

グラムから警告が出されかけたが、時すでに遅し。

「『英雄』殿‼」

「へ？　――ぶほぁっっ⁉」

こちらに駆け寄る足音に目を向けようとした途端、横合いから〝何か〟がぶつかり、その〝何か〟ごと俺の躯は組合の床に投げ出された。

床に躯を打ち付けた痛みに顔を顰めつつ、俺にぶつかってきた存在に目を向ける。

「いたたたた……。ったく、何なんだ……え、どなた？」

銀の髪に狐の耳と尻尾。

――他ならぬ銀閃だった。

それが俺の胴体にしがみつき、目を潤ませながら俺の顔を見ていなければ、スンナリと受け入れられていただろう。

「キュネイ先生から治療は無事に終えられたと聞いていましたが、こうして御壮健な姿を見られて嬉しい限りです！」

銀閃は俺の顔を見ながら今にも泣き出しそうな、だが満面の笑みを浮かべていた。

ついでに言えば、狐の耳がピコピコと動き、尻尾に至ってはわっさわっさと振られている。

躯全体で喜びを表しているといった具合。

初対面のときに見たクールビューティーとはまるで別人だった。

35 仲間にして欲しそうなのですが

「…………とりあえず離してくれませんかね」

「あ……こ、これは失礼しました！」

恥ずかしげに頬を赤らめながら、銀閃は俺の躯から離れた。

──あの刃を彷彿させるような切れ味のある雰囲気はいったいどこに行ったのだろうか。

今の彼女は己の行動を恥ずかしく思い、俯き気味に身じろぎしている。初めて会ったときや、森で出会ったときの姿は見る影もない。ただの可愛い生物である。

「その……どうぞ」

銀閃が差し出した手を取り、俺は立ち上がった。握った彼女の手は剣士ゆえの堅さを持っていたが、女性としての細さと柔らかさもあった。

「申し訳ありません。英雄殿の顔を見たら、感激のあまり我を忘れてしまい、つい」

「あー、まずは一旦ここから離れないか？」

「……？　どうしました？」

いや、もの凄く視線を集めてるんですよコレが。

銀閃は凄く目立つ。〝派手〟という意味ではなく容姿が整いすぎて目を引くのだ。

この国では珍しい意匠の服に、狐の耳と尻尾と煌《きら》びやかな銀色の髪。そして男女問わずに視線を集めてしまう彼女自身の美貌に、同性すら憧れを抱いてしまう服を窮屈そうに押し上げる豊かに実りすぎる胸。

さらに、傭兵としても凄腕であり近寄りがたい雰囲気を発していた。まさに〝孤高〟という言葉が似合う女性だ。

そんなのが喜び満点の笑みを浮かべて誰かに抱きつきでもしたらそりゃ注目を浴びるわ。

『ま、それだけじゃぁないと思うがね』

グラムがポツリと呟くが、そちらに構っている暇はなかった。

「私はこの容姿ですし、別に普段と変わりありませんが」

「いや、俺が――」

「それよりも、今度英雄殿に会ったらお伝えしたいことがあったのです！」

「――構うんだよ……って最後まで人の話は聞こうぜおい」

俺としては人目を集めるのは慣れてないんだよ。場の背景に溶け込むモブで十分なんですよ。

『モブってぇ割にはやってることはめちゃめちゃだがな』

やかましいわ…………ん？

「さっきから言ってる英雄って誰さ？」

「もちろん、貴方様のことでございます！」

……そういえば、抱きついてくる寸前にもそんなこと叫んでたな。

「英雄殿。実は貴方様に折り入って頼みがあります」

「その『英雄』っての、どうにかならないか？　分不相応すぎてめちゃくちゃ恥ずかしいんですけど」

などという俺の嘆願はまるッと無視し、銀閃はどうしてか腰から鞘を外すと俺の目の前で左の片膝を突き、鞘を地面に置いた。

『あ、コレはアレだな』

どのアレっすか？　と俺が問いかける前に。

「私を――このミカゲを、貴方様の配下にしていただきたい‼」

傭兵組合の、多くの人間が集まるこの場所で、銀閃は高らかに叫ぶと俺に頭を下げてきたのだ。

その光景を眺めていた周囲の人間も、銀閃の間近にいる俺も等しく言葉を失い目を点にしていた。

「…………………………どゆこと？」

場が騒然となる三秒前に、喉から辛うじて呻きに近い言葉を絞り出すのが俺の精一杯だった。

銀閃の発言によって騒然となった傭兵組合を逃げ出すように……というか、脱出した俺たちは組合の建物から離れた場所にある喫茶店に入った。

「それでえっと……なんて呼べば良いんだ？」

「『ミカゲ』とお呼びください、英雄殿」

「わかったよミカゲさん」

「〝さん〟などと……。ミカゲ、と呼び捨てにしてください」

「了解だミカゲ。俺のことは英雄じゃなくてユキナって呼び捨てにしてくれ」

「わかりました、ユキナ様」

「その……〝様〟付けもできれば止めて欲しいんだが」

「嫌です」

「いや即答されても困る……」

間髪入れずに答えやがったぞこいつ。

このミカゲという女、物腰は丁寧で態度も大分柔らかくなったが、筋金入りの頑固者かもしれない。

『武芸者ってのは頑固者ばっかりだからな。相棒の予想はおそらく正しいだろうぜ』

グラムのまったく嬉しくないお墨付きを貰った。

このまま俺の呼び方を巡って押し問答するのも時間の無駄だろう。俺は仕方が無く本題を切り出した。

「んで、組合で言ってた話だけど」

俺が切り出すと、銀閃――ミカゲはこちらの顔をしっかりと見据え、真剣な眼差しを向けてくる。

「私を、ユキナ様の配下にしていただきたいのです」

どうやら嘘や冗談の類いではなさそうだ。彼女のこれまでの言動を顧みれば、冗談を口にするタイプでないのは承知していたが。

「……いや、何でさ。二級傭兵のミカゲに五級の俺が手下になるってのはまだ話は分かるが、逆は明らかにおかしいだろ」

「傭兵の階級など、所詮は他人が勝手に付けた位《くらい》にすぎません」

さも当然のことを口にしているかのようだ。正しいと言えば正しい論なのだが、さすがにすんなりとは受け入れられない。

「もしかして、コボルトキングから助けられたお礼か？」

それにしちゃぁ随分と返済がすぎる。

「俺としてはコボルトキングの討伐を正直に組合へ報告してくれたことで十分だ」

「……あの件は切っ掛けにすぎません」

ミカゲは首を横に振った。

「もちろん助けていただいたことへの恩義は感じています。ですがそれ以上に、貴方様の背中に私は視たのです」

「……何をさ」

「未来の『英雄』の姿を」

なるほど、だから『英雄殿』なんて呼んでたのか——って納得できるか！

「ちょぉっと、過大評価のしすぎだろ。俺は農村から出てきた田舎者《いなかもん》で、今はしがない傭兵だ。そんなご大層《えいゆう》なものに成れるとは到底思えないけど」

呆れたように言ってから肩を竦める。内容に自嘲が含んでいたのは、諦めて貰うための方便も含んでいた。

「本当にそうでしょうか？」

ミカゲはこちらの意図とは裏腹に、笑みのままに視線の切れ味を鋭くした。

「本当にただのしがない傭兵なら、貴方様は私を助けることなくあの場で逃げていた。であれば、私は今貴方の目の前にはいない」

「ありゃぁ……運が良かっただけだ」

勢い任せで飛び出たが、一歩間違えればミカゲだけでなく、俺も含めてコボルトキングに殺されていた。

生きて帰ってこれたのは様々な要因が奇跡的に重なって手に入った幸運に他ならない。

「確かに運が良かっただけなのかもしれない」

ミカゲは俺の言葉を認めながらも、先を続ける。

「ですが、それを掴み取ったのは、間違いなく貴方様自身です。違いますか？」

「それは……」

俺は反射的に己の左手――手の甲に刻まれた痣に視線を落とした。

――選びし者よ！　汝はこれより『英雄』と成れ！

コボルトキングに殺されそうになったとき、俺の前に新たな姿となったグラムの叫びを思い出す。

アレがいったい何だったのか、俺はグラムにまだ聞いていない。聞いたところで答えてくれるとも限らない。

ただわかっているのは、俺が武器屋であの古ぼけた槍を手にしていなければ、この結果には至らなかった。

『良いじゃねぇか相棒』

グラムのことを考えていて、その張本人――人？――が俺の頭の中に語りかけてきた。

『この狐《キツ》ッ娘《ネこ》はどんだけ言葉を重ねても聞くはずがねぇよ』

でも、配下ってのはさすがにこう……重すぎやしないか。しかも相手は格上であり容姿も飛び抜けている。村の若者を子分にするとは次元が違うぞ。

『だったら〝お試し期間〟ってことで妥協しちゃぁどうだ』

お試し？

『もしかしたらこの狐《キツ》ッ娘《ネこ》は、助けられた時の衝撃で一時の〝熱〟を上げているだけかもしれねぇ。だからしばらく相棒と一緒に行動して、その熱が冷めたときに改めて判断を仰げば良いさ』

なるほど、それは良いかもしれない。

俺はグラムに目を向け僅かに頷いてから、ミカゲに向き直る。

「わかったよ」

「本当ですか⁉」

「ただし！」

目を輝かせたミカゲだったが、彼女がテーブル越しに乗り出してくるのを俺は制した。

……ミカゲの胸元にある下向きの山が凄ぇのなんのって。山の頂上がテーブルにくっつきそうだぞ。

危うく何も考えずに〝良し〟と言ってしまいそうになるが、キュネイの顔を思い出して慌てて払拭する。ついでに紅の髪を持った女性の顔も浮かび上がってきて、なおさらに頭を振った。

俺は気を取り直すように咳払いをする。

「本音を言えば配下云々とか、ちょっと俺には分不相応だ。けど、俺の言葉だけで諦められるほどミカゲの気持ちが軽くないのも分かった。だからここは〝対等な仲間〟から始めよう」

「なるほど。つまり〝お友達から〟というわけですね」

「微妙に違うような気もするけど、とりあえずそれで」

お互いのことをよく知らないから齟齬が出るのだ。そのお試し期間として〝お友達から〟というのは間違っていないだろう。

「……そうですね。確かに、配下にしていただくのならまずは私自身のことを深く知っていただく必要がありますね。これは大変失礼いたしました。どうにも事を急いてしまうのが私の悪い癖です」

「あの、その配下にするか否かを決めるためのお友達期間だからな？」

「わかっておりますとも。ええ」

本当かよ、とツッコミを入れたくなったが、ここで余計な口を挟めばさらに話がややこしくなりそうなので口を閉ざした。

『こうして、「銀閃ミカゲ」が期間限定で仲間になった――将来の読み物にゃこう書かれるだろうな』

グラムの脳天気極まりない言葉に、俺は小さく溜息をついたのだった。

36 呼び出されたようですが

慌てて組合を飛び出し、本来の目的を全く果たしていないことを思い出した俺は再び傭兵組合へと向かった。

俺の背後には当然とばかりにミカゲが付き従っている。俺が何かを言ったわけではなく、勝手に付いてきていた。

黙って付いてきているだけだ。だから俺も強くは言えなかったのだが……。

そのまま組合を訪れれば案の定、周囲からの視線が集まった。先程のやり取りを見ていた者がまだ組合に残っていたのだろう。

ただ、それがなかったとしても、あの『銀閃』が特定の男性の後ろに黙って従っており、しかもその相手が世間では〝臆病者の武器〟の代名詞に近い『槍』を背負った男とくれば注目の的になるのは間違いなかった。

好奇の視線が集まるのを肌に感じながら、俺は組合の受付へと近付く。

「これはユキナ様。今日はどのようなご用件でしょうか」

何度も組合に足を運び依頼の受注や精算を行ってきたからか、職員の何人かは俺の顔を覚えてくれるようになった。今日の受付はそのうちの一人だったようだ。

「……こいつの報酬をもらいに来た」

俺は腰の荷袋の中から大ぶりの牙を一つ取り出すと、受付机の上に置いた。受付の職員は一瞬眉をひそめたが、すぐさま目を見開き、俺と牙を交互に見比べた。俺が取り出した牙が『コボルトキング』の死骸から剥ぎ取ったものだとすぐに気が付いたようだ。

「こ、こちらを一旦お預かりしてもよろしいでしょうか？」

「ああ、問題ない」

「で、では少々お待ちください！」

職員は大ぶりな布を取り出すと丁寧な手つきでコボルトキングの牙を包み込み、大急ぎで組合の中へと引っ込んだ。

今の職員の声が気を引いたのか、さらに俺へと視線が集まる。

『凄《すげ》ぇな相棒。たった数時間でこの組合じゃ有名人になっちまったぞ』

周囲の視線も、茶化してくるグラムの言葉も無視して職員が来るのを黙って待つ。

程なくして、職員が戻ってきた。

「お待たせしました。お手数をお掛けして申し訳ないのですが、奥の部屋までご足労お願いできないでしょうか。組合の者が件の討伐に関して詳しい話をしたいとのことでして」

「別に構わないぞ」

「ありがとうございます。それと、できれば……」

職員の視線が俺から逸れ、背後にいるミカゲへと向けられた。

「……そもそも、この件を最初に請け負ったのは私です。詳しい事情説明もまだですし、彼にご一緒するのは道理でしょう」

「重ね重ねありがとうございます。では、こちらへどうぞ」

恐縮する職員に連れられて、俺たちは組合の奥へと足を踏み入れた。

案内されたのは、上質な長椅子《ソファー》が二つ置かれた一室だ。

部屋にはすでに壮年の男性が一人、椅子に座っていた。

「お待たせしましたカランさま。お二人をお連れしました」

「ご苦労。君は通常業務に戻ってくれ」

「では、失礼します」

職員は一礼すると退出していった。

「さて、まずは座ってくれ。立ったままでは落ち着いて話もできないだろう」

男性に促され、俺とミカゲは彼の対面に横並びに座った。槍《グラム》は鞘から外し、椅子に立てかけておく。

「……話には聞いていたが、今時槍を扱う者がいるとは」

顎に手を当てて槍を見据える彼の口ぶりは、馬鹿にするというよりは、素直に興味をそそられているといった風だ。

「おっとすまない。自己紹介が遅れた。私はカラン。この組合の中ではそれなりの地位にいる」

「どこがそれなりですか。組合長と補佐役の下にある責任者十名の内の一人ではないですか」

気さくな風に自己紹介をしたカランに、ミカゲは冷ややかな目を向けた。今の短いやり取りで

も、二人が顔見知りなのはわかった。

「直接依頼が寄せられる際に、度々顔を合わせるだけです。単なる仕事の上での知り合いですから」

「ま、そういうことだ。よろしく、ユキナ君」

「は、はぁ……」

カランの差し出した手を握り返す。組合の職員――という割に彼の手には力強さが満ちていた。

「さて、わざわざ君を呼び出したのは他でもない。コボルトキング討伐の件についてだ」

カランが切り出すと、室内の空気が引き締まったような気がした。彼の表情は変わらないが、目はこちらの一挙動を見逃さないよう鋭かった。

『この男はおそらく引退した傭兵だ。一見すりゃ気のいいおっさんだが、相当に修羅場をくぐってるぞ。気をつけろ――とまではいかねぇが、頭の隅にでも留めておきな』

なるほど。道理で組合職員にしては手が分厚いわけだ。

「事の発端ではあるが……君は厄獣暴走《スタンピード》という現象は知っているか？」

「一応は。厄獣《モンスター》が異様に繁殖して、餌場を求めて暴走すること――ですよね」

その辺りの知識はすでにグラムから教わっている。俺の言葉にカランは頷いた。

「我々組合は王都近郊の森に厄獣暴走《スタンピード》の兆候があると考え、その調査を銀閃に任せた」

「正確には、私には厄獣暴走《スタンピード》云々の話は聞かされていませんでした。あくまでも、森の異変に関する調査でした」

「それは申し訳なかった。〝兆候を察した〟とはこちらも口にしたが、寄せられた情報が『五級傭兵』のものだったのでな。こちらとしてもまだ確証が得られず、あの時点では混乱を避けるために大事にはしたくなかったのだ」

咎めるようなミカゲの言葉に、カランは居心地悪そうに頭を掻いた。

「だが、最悪の可能性の一つとしては考えていた。だから、万が一の事態にも対応できる腕利き――つまりは銀閃に依頼したのだよ」

……今話に出てきた『五級傭兵』ってもしかしなくても。

『相棒のことだろうな』

俺が受付にした話が、回り回ってミカゲの派遣に繋がったのか。

37 眉唾のようですが

カランは少し間を置いてから続けた。

「組合の想定していた中で最悪の可能性が的中してしまったわけだが——不幸中の幸いは厄獣暴走《スタンピード》の早期に解決できたことだろう。発見が遅れていれば森から犬頭人《コボルト》が大量に溢れ出し、大規模な討伐隊を編成する必要があった」

カランはホッと安堵したような息を吐いた。

「厄獣暴走《スタンピード》の〝根〟であったコボルトキングを討伐できたのは本当に僥倖だった。おかげで森に残ってる犬頭人《コボルト》は烏合の衆となっている。いくら数が多くともあの程度なら四級以下の傭兵であっても油断しなければ十分に掃討可能だ」

最も、統率を失ったとはいえ、飢えた犬頭人《コボルト》は目に付く限りの食料を食い漁り、活動範囲内に生息している動植物に大きな影響を与えるのは間違いなかった。

それでも、厄獣暴走《スタンピード》が本格化した場合の被害を考えればマシ、と組合は結論を出していた。

『恐怖心を極限の飢餓とコボルトキングの支配力で打ち消され、その上で統率された犬頭人《コボルト》の群れは、並みの個体よりも遙かに厄介だ。そんなのが大挙して押し寄せてきたら、討伐隊にもかなりの被害が出てただろうさ』

グラムの言葉を聞きながら、俺はミカゲが足に傷を負った場面を思い出した。己の命を顧みずに襲いかかってくるコボルトの群れを相手に、ミカゲは危うく命を落とすところだったのだ。そう考えるとあんなのが大挙で襲いかかってきたら、恐怖以外のなにものでもないな。

「……それで、あなたはこんな無駄話を聞かせるために私たちをわざわざ呼びつけたのですか？」

「おい」

わざわざ組合のお偉いさんが説明してくれてるのに、ミカゲが冷たく斬り捨てるように言い放った。隣にいる俺もさすがに顔が引きつったわ。

「いやはや手厳しいな、銀閃。ユキナ君《かれ》の様子を見るに、厄獣暴走《スタンピード》に関してはある程度知り得ているようだし、そろそろ本題に移ろうか」

一つ咳払いをしてから、カランは切り出した。

「コボルトキングの討伐は間違いなく行われたのだろう。だが、その討伐の〝功労者〟が誰であるのか、組合の中で疑問視する声が多い」

「……先日に、私の口から組合へと説明したはずですが？」

「それでも、だよ。正直に言えば、君からの報告でなければ私も彼らに近しい心境になっていたよ」

不快を露わにするミカゲと、胡乱《うろん》げなカランの視線が交錯する。

……コレはつまりあれか。

『相棒の想像通りだろうさ』

一応、コボルトキングを討伐したのはユキナで俺《おれ》あり、ミカゲはそれを組合に報告したと聞いている。だが、組合側は彼女からの報告に疑問を抱いているわけだ。

『ま、当事者からの言葉とは言え、新人の五級傭兵がコボルトキングなんて上物を討てるとは受け容れがたいわな』

無言で見合っていたカランは、次に俺へと目を向けた。

「ユキナ君にも確認しておきたい。コボルトキングを討伐したのは——君で間違いないのか？」

「あー、トドメを刺したって意味では、間違いなく俺っすね」

俺の正直な答えに、カランの視線が鋭くなる。

嘘とは思われてないが、信じ切られてもいないかな、この様子だと。

「それはつまり、銀閃がコボルトキングを追い詰めて、最後の一撃を——」

「いえ、違います」

カランが喋っている半ばで、ミカゲがばっさりと斬り捨てた。

「確かに先に遭遇したのは私です。ですが、私は軽く手傷を負わせたに過ぎません。コボルトキングを討伐したのは間違いなくこの方です」

いや、間違ってないんだけどさ。もうちょっと言い方ってないか。そんな被せ気味にしなくてもさ。ほら、幹部《カラン》さんもちょっと驚いちゃってるよ。

「……まさか、誰よりも名声を得ることに執心していた銀閃《きみ》が功を誰かに譲るとは」

「譲るもなにも、私は最初から事実しか語っていません。それに勘違いしないでいただきたい。

私が名声を求めていたのはあくまで手段の一つに過ぎません」

「ああ、それは理解しているつもり――」

「もっとも、今となってはもはやどうでも良いことですが」

と、ミカゲは微笑《びしょう》し、頬を朱に染めながら俺を見た。女性にあまり免疫がないんだから、そんな風に見られたら胸がドキドキするだろ。

あ。幹部さん、今度は口をポカンと開いちゃってるよ。

「……それはどういう意味だろうか」

「仕えるべき『主』を得た。そういうことです」

目をパチクリとさせた後、カランはギョッとしたように俺の方を向いた。疚《やま》しいことはないはずなのに、反射的に俺はカランから目を逸らした。

「そ、そんなことより……今はコボルトキングの討伐云々の話でしょうよ」

「う、うむ。そうだったな」

挙動不審気味な俺の言葉に、カランは硬い様子で頷いた。なんとなくだが、この件には触れて欲しくないと伝わった、と思いたい。

カランは気を取り直すように再度咳払いをした。

「コボルトキング討伐の報告を受けたあと、コボルトキングの死体は組合が回収し、実際に職員が検分した。

結果、銀閃のものであろう刀傷の他に、別の誰かしらが与えたと見られる傷跡も多くあった。

特に、両腕とトドメになったであろう左胸の一撃。この二つは明らかに銀閃のものとは別だった」

「そんなことまでわかんの？」

「銀閃の扱う武器は独特だからな。ある程度刃物を扱うものであれば一目でわかるほどだ。

その点、両腕の傷は刃物を強引に叩き付けたような切り口だ。左胸に至っては、心臓を中心にその付近が完全にえぐり取られている。とても銀閃の手によるものとは考えられん」

両腕と左胸──間違いなく俺がグラムを振るって穿った傷だ。だが、まるで他人事のようにも聞こえた。あの時は無我夢中の全身全霊だったのだが、現実味が湧いてこない。

「確かに、コボルトキングを討ったのは銀閃ではないのかもしれない。だが、あの両腕と左胸の傷を、五級の新人が穿ったのかと問われれば、やはり疑問視するしかないだろう」

「だから改めて我々に事情を聞こうと？　でしたら、何度聞かれても答えは変わりありません。コボルトキング討伐の最大の功労者は、ユキナ様です」

「ユキナ君、銀閃の言葉に偽りはないか？」

「……間違いないです」

現実味がなかろうと信憑性がなかろうと、俺がコボルトキングを討伐した事実に変わりはない。カランの問いかけに、俺は虚偽なく答えた。

俺の言葉を受け取ったカランはしばらく黙り込んでいたが、やがては肩の力を抜き気さくな笑みを浮かべた。

「わかった。銀閃が嫌々に功を譲っているようにも見えないしな。組合の者にはそのように伝えておこう」

「最初からそう言っているではないですか」

「コボルトキングは五級の新人が容易く討伐できる厄獣《モンスター》ではないからな。君の言葉を最初から疑っていたわけではないが、立場的に素直に信じ切るわけにもいかなかったんだよ」

カランの言い分にミカゲは呆れたような嘆息をした。

「それに、元々の依頼である〝調査〟はミカゲの担当だった。ユキナ君はそれに割り込んで勝手に依頼を完遂してしまった形だ」

言われてみると、俺ってミカゲの依頼に文字通り横槍を入れたようなものだな。依頼を受けた傭兵に、別の傭兵が故意に妨害を行えば罰則の対象となる。

「もちろん、急を要する状況だったのは組合も理解している。なので、形だけでもこうして当事者たちから事情を聞いておく必要があったのだよ」

組織って面倒臭いなぁ、と話を聞いていた俺は率直な感想を思い浮かべた。

38 提案されたのですが

話に一区切りが付くと、カランが手を叩く。扉の前で控えていたのか、職員が部屋に入り手に持ってきた書類をカランに渡す。それらを目で追ってから受け取ったうちの一枚を俺に寄越した。

渡されたのは、コボルトキング討伐に関する手続きの書類だ。コボルトキングを討伐したことによる報酬、それと死骸を組合が買い取り報酬に上乗せする旨が記されていた。

希望を出せばコボルトキングの死骸の中から有益な素材を売らずに傭兵が得ることもできるが、必要を感じなかったので全て売り払ってもらう。

結果、今回の件で得た報酬は、俺が傭兵組合に入ってからこつこつと貯めてきた貯金の倍以上に達していた。

傭兵が大物を狙いたがる気持ちもわかる。俺の一ヶ月以上の苦労を、一度の狩猟で稼ぎ出してしまったのだから。ただ、それで冗談抜きに生死の境を彷徨《さまよ》ったのだから、率先して狙おうとも思わなかった。

渡されたこの書類に俺の名前を書けば、報酬は晴れて俺のものになる。その前に、俺は一つ思いついた。

「あ、お願いがあるんすけど」

「なんだね？」

「今回の報酬金の一部をミカゲに譲渡したい」

「ユキナ様っ⁉」

俺の言葉に驚いたのは他ならぬミカゲだ。

「いったいどうして……」

「そりゃ、コボルトキングにトドメを刺したのは俺かもしれねぇ。けど、俺一人じゃ確実に死んでたし、それ以前に挑む気にもなれなかった。ミカゲがいたからこその成果なんだ。だったら、今回の功労者には間違いなくミカゲも含まれてるだろ」

「ゆ、ユキナ様……」

俺の想像の斜め上くらいの勢いでミカゲが感動していた。俺なりの筋を通したつもりだったのだが――。

『あーあ、こうやって好感度が上がってくんだな。このド天然の女誑《たら》しが――けっ』

何でグラムがやさぐれてんだよ。意味わからん。

「いや、それには及ばん。銀閃《かのじょ》には別途で組合から今回の報酬金が支払われることになっている。情報不備による詫びと、コボルトキング討伐のサポート役としてな」

「……じゃぁ、俺からの感謝の気持ちってことで」

「分かった。君の希望通りにしておこう」

話し合いの結果、俺が頂く報酬の五分の一が銀閃に渡される運びとなった。俺は書類にサインをしてからカランに渡す。

「コボルトキング討伐の件はコレでシメだな。ではもう一つ、ユキナ君に話がある」

「まだ何かあるのですか？」

「そう冷たくしてくれるな銀閃。これはユキナ君にとっては有益な話だ」

ミカゲの眉がぴくりと反応するのを尻目に、カランは俺にこう提案してきた。

「──ユキナ君、これを機に四級傭兵に昇格するつもりはないか？」

「……昇格？」

反射的に口に出してみたが、すぐに頭では意味を理解できなかった。

「驚くほどのことでもないだろう。前もって君の傭兵活動を調べさせてもらった。確かに小物を中心に狙っていた節はあるが、幾度かの犬頭人《コボルト》討伐も行われている。依頼の処理を担当していた組合員からの評判も上々だ。他の新人傭兵に比べれば遙かに丁寧で確実な仕事をしてくれていると」

少しでも一度の依頼で多くの報酬を得ようとした事が、俺の仕事ぶりの評価に上乗せされたのか。

「それに加えて、今回のコボルトキング討伐の功績。四級への昇格は実力的に申し分ないと組合側は判断した。もっとも、そのための昇格試験は受けてもらうがね」

「どうせなら三級にしてしまえばよいものを」

「さすがにそれは無理だ…………今日の銀閃はちょっと言動がおかしいと思うのは俺の気のせいか？」

安心してください。ミカゲとまともに話したのは今日が初めてですけど、そんな俺でも彼女がおかしいと思ってますから。

「……ま、まぁともかく。コボルトキングを討伐できる実力の持ち主なら、このまま実績を重ねていけば問題なく三級へと昇格できるだろう。その前段階として、四級への昇格を考えてみてはどうだろうか」

「…………………」

俺は首を縦にも横にも振らず、しばし考え込んでしまった。

結局、俺はその場で答えを出すことができずに保留した。

「急な話であったし、昇格試験を受けるか否かは傭兵その人の自由だからな」

気分を害した様子もなく、カランは鷹揚に頷いてくれた。

意外だったのはミカゲの反応だった。俺の保留に驚くと思いきや、素直に受け容れていた。

組合を後にし、ミカゲと別れてからグラムと共にその時のことを思い出す。

「てっきり『何故断るのですか！　是非昇格すべきです‼』ってなると思ってたんだけどなぁ」

応接間を出た後、そのことをミカゲに訊ねると彼女は困ったように笑った。

「本音を言えば是が非でも昇格してもらいたいのですが、口にしたところでユキナ様が決断するとも考えられなかったので」

まさしくそのとおりなのだが、この人の俺に対する理解度が深くて怖い。まともに話し始めてまだ一日も経過してないんだぞ？

「そりゃあれだな。上っ面は適当だが、ここぞというときの相棒は筋金入りの頑固者だ。その辺り、同じ頑固者だから察せるんだろうよ」

「……そんなに俺って頭が固いか？」

「コボルトキングの前に飛び出たときのことを思い出せ。俺の言うこと完全に無視しやがって。さすがにあのときばかりは俺も肝が冷えたぜ」

肝ねぇだろ、お前。つか、最後の方はノリノリだったくせに。

「言葉の綾だ。それより、ミカゲじゃねぇがどうしてカランって奴の答えを渋ったんだ？　相棒が傭兵になったのは一時的なもんだろ。キュネイちゃんを買う金は十分すぎるくらいに貯まってるし、もう傭兵を続ける意味もねぇだろ。そもそも〝買う〟必要があるかすら意味なくなりそうだし」

「そうなんだけど、な」

グラムの言うとおり〝傭兵〟となった当初の目的は、娼婦としてキュネイを〝買う〟のに必要な資金を稼ぐためだ。そして実は今回の報酬でその目標金額は到達《クリア》していた。

はっきり言って、俺がこれ以上傭兵を続ける理由はない。今更グラムを手放すつもりは毛頭ないが、進んで傭兵として荒事を生業にする必要性はなくなっていた。

少し前までの俺なら、カランの提案を断り傭兵稼業を引退していただろう。けれども、俺の心境にも変化が出てきていた。

39 身も心もあなたに……

晩、俺はキュネイの診療所を訪れた。

だが、最後の一歩が踏み出せず、扉の前で立ち往生する。

「ま、相棒が緊張するのも無理はないだろうさ」

やれやれ、と肩を竦めそうな口調のグラムだ。

「けど、ここまで来たんだ。もう答えは出たんだろ？」

「……ああ」

組合を出てから——いや、朝にキュネイから思いの丈を伝えられてからこの瞬間まで、ずっと考え続けていた。そして俺なりに答えは出たのだ。

「答えを出した後はもう迷うことはないさ。キュネイちゃんだって、相棒のことを待ってるだろうよ。いい女をいつまでも待たせるもんじゃねぇさ」

——グラムの後押しもあり、最後の踏ん切りは付いた。

「ありがとよ、グラム」

「礼は要らねぇよ。俺はちょいと背中を押しただけだ。後は相棒次第だ。上手くヤリな」

「…………ちょっと、最後の一言が変じゃなかったか？」

「気のせいだ。じゃ、頑張れよ。俺は朝まで貝のように口を閉ざしてるから」

「お前……口ないだろ」

俺がツッコミを入れるも、グラムからの返しはなかった。どうやら宣言通り、朝まで黙っているつもりのようだ。

未だに躯を支配する緊張はあるが俺は深呼吸をすると、診療所の扉を叩いた。

「……どちらさまですか？」

「ユキナだ」

中からの言葉に、俺は緊張を抑え込みながら答えた。それだけで不思議と俺の胸が高鳴った。

やがて、扉が無言で開かれた。中に入っても良いということか。俺は診療所の中に入った。

建物内は薄暗く、診療用のベッドの近くに明かりがあるのみだ。

「……キュネイ？」

中に入ったものの、キュネイの姿がどこにもない。扉越しに聞こえた声は間違いなく彼女のものだったはず。

不思議に思いつつ、扉の側に槍《グラム》を立て掛けてから、診療所の中にさらに踏み込む。

──ガチャリ。

背後の音にハッとなって振り返れば、キュネイが後ろ手で扉の鍵を閉めるところだった。

「んなっ⁉」

薄暗い中、ゆっくりとキュネイが近付いてくる。徐々に照らし出される彼女の姿に俺は堪らず声を発していた。

キュネイは頭から角を生やしたサキュバスの姿であり、その上にローブのようなものを一枚羽織っただけであった。

布の隙間から覗くのはもちろん彼女の裸体。というか、ローブ自体の薄さが極めつけで、向こう側がほとんど透けて見えている。

つまり、彼女はローブを纏いながらほとんどなにも着ていないのと変わらなかった。

初めて会ったときの娼婦としての格好もかなりであったが、今日の装いはそれを更に上回る扇情的な格好。むしろ、単なる裸でいるよりもよほどに刺激的であった。

思わずに、俺は唾を飲み込む。

「こんばんは、ユキナ君」

「こ、こんばんは…………」

「ふふふ。どう？　この格好は」

「…………今にも鼻血が吹き出しそうなほどだ」

「気に入ってくれたみたいで嬉しいわ」

精一杯の強がりにも近い俺の返答に、キュネイは嬉しそうにその場でくるりと回った。薄すぎるローブの端がスカートのようにふわりと舞い上がる。やはり、背中も殆ど透けており、殊更に色香を放っていた。

「コレは、上客を相手にするときしか着ない私の〝勝負服〟よ」

「そんなのを……俺のために？」

「ええそうよ」

キュネイは目を伏せると、己の胸に手を当てる。

「私が、どれだけあなたのことを強く想っているかを知ってもらいたかったから」

今朝、キュネイは覚悟を以てして己の真実を俺に告げてくれた。そして今、目の前の彼女から〝想い〟が伝わってくる。

「……朝にも言ったけど、俺は稼ぎも地位もないような田舎者だ。お前ほどの女に釣り合うような男じゃないかもしれない」

「……うん」

俺の情けない言葉を、キュネイはゆっくりと受け止めた。

「けど……そんな俺で良いのか？」

「コレまで幾多の男にこの身を捧げてきたわ。だけど、心を捧げたいと想ったのはあなたしかいない」

キュネイの瞳に射貫かれ、心臓の鼓動とはまた別に俺の心が過熱する。

「ユキナ君。私は——」

「待ってくれ」

残念ながら女性を感動させるような美辞麗句を口にできるほどの甲斐性はないし経験もない。

それでも俺は、彼女の言葉を遮った。

「そこから先はまず俺が言わせてくれ」

正直なところを述べれば——答えは最初から決まっていた。

臆病になっていただけなのだ。

——初めて恋をした相手は決して相容れぬ、想いを伝えることすら叶わない遠い存在だった。

キュネイも、本来なら俺が望むことすら憚《はばか》れるほどの女性だ。

だが——俺はもう躊躇わない。

相手が遠い存在なら、俺がそこまで辿り着けば良いのだ。

誰に分不相応だのなんだのと言われれば、分相応の場所にまで上り詰めてやる。

その決意と共に俺は想いを告げた。

「キュネイ、俺はお前が好きだ」

想いを告げた次の瞬間。

——キュネイの口付けが俺の唇を塞いだ。

しばしとも、一瞬とも取れるような感覚。どちらからともなく唇を離せば、熱っぽい吐息が溢れた。

「ユキナ君……愛しているわ。私の在り方を認め、受け容れてくれたあなたが愛《いと》おしい」

その言葉を受けた俺は、彼女の唇を奪った。

彼女は一瞬だけ驚き強ばったが、すぐに目を閉じ躯から力を抜く。そして俺とキュネイはお互いの躯を一層強く抱きしめた。そして目を閉じれば互いの〝想い〟を感じ取り、伝えるために全ての意識が捧げられていく。

と、不意にキュネイが俺の腕の中から離れると、羽織っていたローブがはらりと床に落ちた。

息を呑む俺の躯を、キュネイがやんわりと押す。か細い腕の力は華奢でありながら、俺は抗いきれずに一歩ずつ後ろへと下がる。気が付けば俺は診療所のベッドに尻餅をつくように座っていた。

キュネイが啄《ついば》むように俺に口付けをする。

唇が離れた拍子に彼女の顔を見れば、キュネイの潤んだ瞳に俺の姿が映り込んでいる。

さすがの俺も、彼女が〝ナニ〟をするつもりか理解した。

先程までとは少し違った緊張感に、躯が強ばった。

俺の反応に、キュネイが眉をひそめた。

「もしかして、嫌だった？」

そりゃ普通、女が口にする台詞だろう。

「あ、いや……なんだか〝こういうこと〟をするために、告白したみたいな風に思えてさ」

考えがまったくなかった……と言えば大嘘だ。間違いなく頭の中に〝こういうこと〟への期待感はあった。

キュネイと繋がりを持った切っ掛けは娼婦としての彼女を買うためだった。

だが今は、己の全てを曝け出し、そして俺の命を救ってくれた彼女に惚れている。決して躯だけを求めて告白したわけではない。

「それは違うわ、ユキナ君」

キュネイは首を横に振った。困ったような、そして泣いてしまいそうな顔になる。

「〝こういうこと〟目当てって言えばそれはむしろ私の方よ。私が誰かしらと繋がりを持つ方法と言えば〝これ〟しか知らないから」

俺の頬にそっとキュネイの手が触れた。伝わってくるのは彼女の熱と……震えだった。

「……私のサキュバスとしての本能が、あなたを求めて止《や》まないの」

そして、今度は俺の手を取ると──自身の左胸に押し当てた。

初めて触れる女性の象徴部。豊かに実った双丘の片割れに俺の指が埋没していく。果てしなく柔らかく、それでいて弾力を孕んでいる見事なまでに矛盾を内包した存在。

躯の一点──俺の〝男〟としての部分に血が集まるのを感じる。それでいて肌色に埋もれる手からは、キュネイの今にも破裂してしまいそうなほどの動悸が伝わってくる。

「わかる？　凄く心臓が高鳴ってる。ユキナ君がここに来てから……いいえ、あなたへの想いを自覚した瞬間から、ずっとあなたに抱かれるのを待ち望んでいる」

それでも、サキュバスの本能を解放しないのは。

「でも、それに身を任せては、私が今まで娼婦として男の人を相手にしてきたのと変わりない。そんなの、絶対に嫌なのよ」

だから。

「ユキナ君。今度は私の方から聞くわ。

私で良いの？　私はサキュバスで、コレまで何人もの男に抱かれてきて、そして今はあなたに抱かれたがっている。それを自覚していながらも自分を抑えきれない、こんなはしたない女で、あなたは本当に良いの？」

――俺はとんだ大馬鹿野郎だ。

気丈に振る舞い、俺に想いを告げながらも、彼女はずっと泣き出しそうな顔をしていたのを、俺は今更ながらに気が付いた。キュネイが震えを帯びていたのは、緊張したのでも我慢しているからでもない。

偽りのない彼女自身《キュネイ》を、俺《ユキナ》が受け容れてくれるか。言葉ではいくら想いを告げたところで、真にそれが叶うのか不安で堪らなかったのだ。

女性にこんな顔をさせたままで良いのか。

駄目に決まっている。

なら、いつまでも足踏みをしていては〝漢〟が廃る。

俺はキュネイの腕を掴み、強引に引き寄せると同時に躯を入れ替え、彼女をベッドの上に押し倒した。

俺の突然の行動に、仰向けになったキュネイの躯が強ばる。

「ゆ、ユキナく――んんっ⁉」

そんな彼女の唇を――強引に奪った。

先程までの口付けよりもなお深く、彼女と重なり合う。

唇を離してから、俺は彼女の瞳を見つめる。

「キュネイ、もう一度言う」

「は、はい……」

「俺はお前が好きだ。娼婦だろうがサキュバスだろうが関係ない。俺はキュネイって女が大好きなんだ」

「――――っ！」

キュネイの瞳が潤みを帯びる。それが何を意味するか、もはや考えるまでもないだろう。

彼女は感極まったように涙をこぼしながら笑みを浮かべた。

そして、接吻《キス》をした。

俺からでもない。

キュネイからでもない。

俺たちはほとんど同時に、互いの唇を求め重ね合った。

それまでの触れあうだけの口付けではない。

想いを確かめ合うだけの口付けでもない。

互いの口を貪り舌を絡ませ合い、己の全てを捧げ相手の全てを受け容れようとする暴力的なまでの接吻《キス》。重なった唇同士の僅かな隙間から、くちゅりと唾液の滴る音が零れ、その隙間すら埋めようとさらに深く繋がろうと唇を押し付け、舌を伸ばす。

「キュネイ、お前の全てが欲しい」

「うん……うん！」

「身も心も、偽りのないキュネイの全部を丸ごと俺に寄越せ。俺は全てを受け容れる」

「ユキナ君！　私の全てを受け取って！」

彼女は泣きながらも妖艶に、そして見るモノ全てを魅了するような輝かしい笑みを浮かべ、叫んだ。

「私を、あなただけの女にして！」

――そして、俺たちは本能の赴くままに貪り合い、身も心も蕩け合うように繋がっていった。

『あらら。相棒はどうやらベッドの上でも「英雄」だったらしいな。こりゃ将来が頼もしいやら恐ろしいやら』

グラムのそんな呟きが俺に届くはずもなく、いつ終わるともしれない情欲の夜は更けっていった。

side braver 5（前編）

僕と王女様――アイナ様の前には、一人の女性が座っている。

「――誠に光栄なお話でありますが、お断りいたします」

そう言って、銀色の美しい髪と狐の耳を持った女性は恭しく頭を下げた。

彼女の名前はミカゲ。銀閃の異名を持つ、王都に在住している傭兵の中ではトップクラスの実力者だ。

――初めて顔を合わせたのは今日ではない。先日に発生した森での厄獣暴走《スタンピード》の一件だ。

元々、僕を含む王国軍の一行は厄獣暴走《スタンピード》を解決するためにあの場所を訪れていたのではない。

勇者である僕に経験を積ませるために、様々な厄獣《モンスター》と戦う必要があった。その一環としてあの森が選ばれただけなのだ。同行してくれた王国軍兵士たちは、僕らに万が一のことがあったときのための保険だ。

ただ、事前に森には異変があり、その調査のために腕利きの傭兵が赴いているのは知らされていた。必要があれば彼女と合流し、情報を交換してくれと組合の方から連絡があった。

そして――森に到着した早々に大量の犬頭人《コボルト》が押し寄せてきたのだ。

王国軍の指揮官は僕に撤退の提案をしたが僕は否定した。素人の僕であってもこれが明らかに異常な事態なのはわかっていたからだ。

話し合いの結果、兵の数人を組合や国軍駐屯所に報告に向かわせて、僕らは森の奥へと赴いた。

――そして僕らが騒動の〝中心地〟に到着した頃にはすでにコボルトキングは死んでいた。僕らがしたことと言えば、溢れかえった犬頭人《コボルト》の掃討程度だ。

僕らより先に中心地《そこ》にいたのは二人の人物。

まず一人は、組合から事前に知らされていた銀閃という腕利きの女性。そしてもう一人は……僕がよく知る人物であった。

それからしばしの時が経過し、僕は傭兵組合を訪れた。

用件は、僕たち〝勇者パーティー〟に新たな仲間をスカウトするためだ。アイナ様は元々、腕利きの傭兵を仲間に引き入れることを考えていたようだ。

何せ、勇者として多少の訓練を受けたとはいえ僕はまだまだ未熟も良いところ。生まれてからずっと田舎暮らしだった僕に長旅の経験などあるはずもない。これまでは王城から派遣されていた兵たちのサポートがあったからこそどうにかなったが、まさか魔王討伐の旅にお世話係をぞろぞろと連れて行くわけにもいかない。

つまり、魔王討伐の旅では基本的に自分のことは自分でこなさないといけない。

その辺りの指導者役として、経験豊富な傭兵を旅の仲間にすることは必要不可欠であった。

旅慣れをしているという点では、遠征任務の経験がある王国の保有する兵を派遣するという手段もあった。しかし、基本的に軍の兵士は集団戦闘を前提とした訓練をしている。また個人的に優れた武勇を保有する者は軒並み重要な役職に就いており、それらが抜けた場合に何かと組織的に齟齬が生じる。

やはり、自由の身である傭兵を引き入れるのが正解だった。

その白羽の矢が立ったのが『銀閃《ミカゲ》』だったのだ。組合の職員に用件を伝えると、僕らは話し合い等で使用される応接間に案内され、遅れて銀閃が来た。

そして、僕らは来たるべき魔王討伐の旅に同行する仲間になって欲しいと彼女に申し入れをしたのだ。

銀閃を引き入れると提案したのはアイナ様だ。

聞いていた話では、何と彼女は僕の――正確には勇者の仲間になるために遠い故郷からはるばるこのアークスに来たという。ならばこの話は渡りに船であるはず。アイナ様はそう考えて銀閃を相手に話を持ちかけたのだ。

だが――返ってきたのはこちらの申し出を断る言葉と共に頭を下げる銀閃の姿だった。

「……理由を聞かせてもらえませんか？　勇者の仲間になるために王都に来たというあなたがどうして」

予想外の返答に言葉を失っていたアイナ様は、驚きから立ち直ると銀閃に聞いた。

「王女様のおっしゃるとおりです。私は元々、勇者殿の仲間となるためこのブレスティアを訪れ、傭兵として活動をしてきました。ですが……」

そう言って、銀閃は己の胸に手を当てると笑みを浮かべた。初めて会ったときの凛とした態度からは考えられないほどに、女性として魅力的な笑顔だった。

「私にとって、真に忠誠を捧げるべき主君に出会えたのです」

「それは……あなたの言う〝忠誠を捧げる主君〟とはいったい誰なのですか？」

アイナ様の問いかけに、銀閃は僕に視線を投げかけた。

「勇者殿ならご存じなのでは。何せ、あの場にいたのですから」

言葉の意味も理解できずにたじろいだが、僕と彼女の〝接点〟を考えていけば、自ずと答えが出てきた。

僕と銀閃が初めて出会ったのは厄獣暴走《スタンピード》の一件。森の中で、コボルトキングの死体の側にいたのは銀閃だけではなかった。

あろうことか、僕とは別行動を取っていたはずの彼がいた。

「まさか……ユキナのことですか!?」

銀閃は力強く頷いた。

「そういえば、勇者殿はユキナ様とお知り合いのようですが……どのようなご関係で？」

ユキナ様……と来たか。何とも言えない気持ちが沸き上がってくる。それでも僕は隠し立てせずに素直に教えた。

「…………ユキナは僕の同郷者です。彼が王都に来たのも、僕がユキナに頼んだからです」

「それはなんと!?」

銀閃は耳をピンと立てながら驚いた。

「では、私は勇者殿に感謝しなければなりませんね。あなたがあのお方を王都に連れてきてくださったおかげで、私は仕えるべき主君に巡り会うことができたのですから」

その礼を素直に受け止めるのは難しかった。

逆を言えば、僕が無理を言ってユキナを王都に連れてこなければ、銀閃は僕らの仲間になってくれていた可能性が高いからだ。

「そのユキナという方は、あなたほどの人物が従うほどの実力者なのですか」

銀閃ほどの実力者が絶賛している。アイナ様の声色は、まるでユキナに対して畏怖を抱いているようだ。

ところが、話を振られた当の銀閃は首を横に振った。

「おそらく現段階での実力は私にすら到底及ばないでしょう」

「ええっっ⁉」

まさか主と仰ぐ人物に対しての辛い評価に、アイナ様は思わず素っ頓狂な声を発していた。

対して僕は納得していた。

失礼な話だろうが、村を出た時点でユキナの戦いにおける実力は僕よりも幾分か劣っていた。

正直に言えば、現場を見ていなければ彼がコボルトキングを打ち倒した事実すら到底信じられなかったに違いない。

だが、コボルトキングを倒したのは間違いなくユキナだ。

「ですが、ユキナ様はいずれ『英雄』になるお方。私はそう確信しています」

ユキナがあの場にいるということはつまり、そういうことなのだ。彼がそんな男であるのを僕は誰よりも知っていた。

side braver 5（後編）

銀閃に別れを告げ、傭兵組合を後にした僕らは王城に戻る馬車に乗り込んだ。多少は落ち着いたものの、勇者に対する熱狂は未だに冷めやらない。下手に顔を出せば人集りができて動くことができなくなる。

だが、普段はお目にかかれない王家御用達の馬車に乗っていれば、勘の良いものであれば色々と勘づくだろう。その程度はサービス精神だとアイナ様が言っていた。

（ねぇ、レイヴァ）

『いかがなさいましたか、マスター』

僕は心の中で聖剣《レイヴァ》に語りかけた。

聖剣が意思を持った武器であるのは、僕自身を除いてまだ誰も知らない。アイナ様にさえこのことは秘密だ。

最初、アイナ様にだけは教えておこうと考えていたが、ほかならぬレイヴァに口止めされていた。理由を聞いても答えてはくれなかったが、聡明な彼女のことだ。相応の理由があるのは想像に難くない。僕はそれ以上追求しなかった。

それに、ちょっとした秘密の相談をするときには、レイヴァと心の中で会話ができるのは便利だった。

（さっきの話、君も聞いていたよね）

『ええ、もちろんです』

（だったら、教えてくれないか。『勇者』と『英雄』って、何が違うのか）

そもそも両者に差があるのかすら僕にはわからなかった。なのに、漠然とだが明確な違いがあるようにも感じられる。

それはまるで、僕とユキナの違いにも思えたのだ。

『勇者とは、民の願いを背負い、世界を救済する者。この時代においてはまさにあなたです』

それはわかっている。僕は来たるべき魔王の脅威から世界を救うためにいる。右手に刻まれている聖痕と、僕を主と認めてくれた聖剣《レイヴァ》がその証だ。

だったら英雄はどうなのだろうか。

物語に出てくるような英雄も、勇者と同じく迫り来る脅威に対して勇猛果敢に戦い、世界を救っていたりする。もちろん創作物ゆえの脚色もあるだろうが、その点で言えば勇者伝説も似たようなものだろう。

『……確かに英雄も世界を救うことはあります。ですが、それは結果論であり、一般的に伝わっているものに限られています』

（含みのある言い方だね）

『…………英雄の本質は強烈な〝我欲〟です』

我欲……我が儘ってことか。

たったこれだけで不思議と納得できた。

ユキナは基本的に人の言うことはあまり従わない。それが自分にとって必要であると判断すればそのとおりに行動するが、気に入らなければ頑なに受け容れない。彼はそういう男だ。

『己の願いを叶えるためならば、どれほどの所業にも手を染める。その不遜な原動力を元にして、最終的には世界を〝変革〟してしまう。それが「英雄」です』

人の願いを受け止めて世界を救済する『勇者』。

己の願いを力にして世界を変革する『英雄』。

なるほど。似ているようでその根幹にあるのは別物だ。

『ですから「英雄」などという者が現れるはずがありません。世界を救済するのは勇者であるマスターに他なりません。その証拠に、勇者が現れた時代に英雄など歴史の表舞台に登場したことは未だかつてありません』

コレまで数々の勇者と共に幾度も魔王を倒してきたレイヴァが言うのだから、それは正しいのだろう。

『あの銀閃という女はとんだ期待外れでした。そこそこに腕が立つようですが、まさか英雄などという的外れな存在を主君と仰ぐとは……』

（君がそこまで辛辣《しんらつ》な態度になるのは初めてだね）

『当然です。英雄など、唾棄すべき存在なのですから。……あんな粗野で低俗な奴が選んだ者なと』

（レイヴァ？）

最後の辺りは良く聞こえなかったが、とにかく彼女が『英雄』に対して強く敵愾心《てきがいしん》を抱いているのはわかった。あまり触れてはいけない話題だったかもしれない。興味深い話は聞けたが、これ以上は止めておこう。

聖剣レイヴァとの秘密の相談を終えてから、僕は対面に座るアイナ様に目を向けた。

彼女はまた、あの表情をしていた。

視線は窓の外に向いているが、アイナ様が見据えているのがそこではないのは僕にもわかる。心ここにあらず、見ている者の胸を小さく締め付けるような憂いを含んだ顔。

その顔をするとき、彼女は決まって胸元に手を置いている。

最近になって、彼女がその仕草をしているのは首から提げている〝ペンダント〟に指を添えているのだと気が付いた。

「――――？　いかがなさいましたか、勇者様」

「あ、いえ。……銀閃のことは残念でしたね」

僕が向いていることに気が付いたのか、彼女は普通に僕に聞いてきた。逆に僕が慌ててしまい、当たり障りのない話を振ってしまう。

「ええ、確かに銀閃の腕と経験は惜しいものでした。ですが、すでに心に決めた方がいる以上、無理に魔王討伐の旅に同行してもらうわけにはいきません。そんなことをすれば、仲間に引き入れても必ずどこかしらで致命的な過ちを生みます。ここは気持ちを切り替えて、次の人材を探しましょう」

アイナ様の反応は自然だ。言葉にも淀みがない。

本当に、無意識であの顔をしていたのだろう。

「………あの、アイナ様。聞いてもよろしいでしょうか」

「何をでしょうか……もしかして、本命はそちらでしたか？」

「まぁ、そうです」

僕は少し恥ずかしくなり、誤魔化すように頬を掻いてから問いかけた。

「実は……アイナ様の付けているペンダントなんですが」

失礼ではあるが……アイナ様のような王族の人が付けるにしては不釣り合いに思えていた。作りはオシャレだろうが、一般市民でも買えてしまいそうな風に見える。

もちろん口にはしなかったが、僕がペンダントのことを口にしたときのアイナ様の反応は顕著だった。

小さく息を呑み、それから俯き気味に目を伏せると、優しい仕草で胸元のペンダントを握りしめた。

その行動だけで、彼女がそのペンダントにどれだけ思い入れがあるかがわかった。

「……大切なものなのですか？」

「はい……私の宝物です」

そう答えたアイナ様は微笑んでいた。

今度は僕が息を呑む番だった。

アイナ様の笑みは、銀閃が浮かべていたモノと同質。

大切な誰かを心の中に抱いたときの、あの柔らかい笑みだ。

僕にはまだ〝そう〟と断言できるような相手はいない。けれども、確信できた。あのペンダントは、アイナ様にとっての大切な誰かから贈られたものなのだと。

（……まさか、ね）

アイナ様にペンダントを贈った人物が誰なのか、頭の片隅に僅かに過《よぎ》る。

いくらなんでも荒唐無稽すぎだ。

それこそ、物語に出てくるような〝英雄譚〟ではないか。

僕はそれをすぐに頭を振って否定したのだった。

40 見栄を張りたいようですが

「おっぱいってすげぇ」

目を覚ましてからの一言である。

それはともかくとして、俺とキュネイは同じベッドで目を覚まし、しばらくの間は嬉し恥ずかしでお互いに顔を真っ赤にしていた。

そんな感じでいそいそと服を着てようやく落ち着いてきた頃に、俺は昨日から考えていたことをキュネイに告げた。

「お前にとって、娼婦の仕事は金だけじゃなくて、〝生きる糧〟を得るものだってのはわかってる。けど、自分の女がこれ以上他の男に抱かれるってのは、嫌なんだ」

——だから、娼婦を辞めて欲しいと、キュネイに伝えた。

淫魔《サキュバス》であるキュネイは男に抱かれ、その人物から〝精気〟を吸収しなければ生きていけない。比喩ではなく、文字通り生死に関わってくる。

なのに、俺は娼婦《それ》を辞めて欲しいとキュネイに言っている。

昨晩に俺の腕の中にいた女が、他の男の腕に収まると想像しただけで胸を掻きむしりたくなるような苛立ちと絶望が沸き上がってくる。

これは我が儘だというのは十分理解していた。もし彼女が娼婦を辞められなかったとしても、だからといって俺が彼女を拒絶するつもりはない。俺が我慢すれば良いだけの話なのだから。

　俺はキュネイが好きだ。そして彼女も俺を好いてくれている。その事実は昨晩に嫌というほど──全然嫌にはならなかったけれども、互いに胸焼けしてでもその胸焼けもむしろ心地よいと思うくらいに認識し合った。

　──だって最終的な回数は数えてない。力尽きるように寝たのって、日が昇ってからで、起きたのだって昼頃だし。こう……女の躯って凄いのな。最終的にはそんな感想しか出てこなかったよ。そりゃ人間が増えるわけだよ。だって凄いもん。

『おい、最初のシリアスな場面を返せ──あ、いや。最初からあんまりシリアスなかったよな。だって起き抜けの一言が〝おっぱい〟だもん』

　グラムの呆れ果てたような念話《ツッコミ》に我に返る。思考が妙な方向に逸れてしまった。

　クスリと、忍び笑いが聞こえた。

　キュネイは口に手を当てて、愉快げに笑っていたのだ。

「ごめんなさい。ユキナ君があまりにも真剣に言うものだから、逆におかしくなっちゃって」

　彼女は肩を小さく震わせてから、そっと俺の頬に手を添えて。

「私もあなた以外の男性にはもう抱かれたくないわ。だって、身も心も繋がるということがどんなに素晴らしいものかを知ってしまったから。もう、躯だけの繋がりになんて戻れないわ」

「け、けど……俺からの吸精だけで大丈夫なのか？」

　俺から言いだした手前で変だが、やはりそこが心配になってくる。キュネイの言葉は嬉しい限りだが、かといって素直に喜ぶのも躊躇われた。

「それなら安心して」

俺の顔を引き寄せると、彼女は唇を重ねてきた。恋人同士が行う、軽い口付けだ。

ピリッと、触れあっている部分が痺れた気がした。

「ん、ごちそうさま」

離れたキュネイは頬を赤らめ、まるでご馳走にありつけたかのように己の唇をぺろりと舐めた。

エロい。

「えっと、キスは嬉しいんだが──」

「ユキナ君。今ので凄く疲れたとか急に眠くなってきたとか、そんな感覚ってあるかしら」

「──？　いや、ないけど」

強いて言えば、綺麗な恋人とキスができて幸せ一杯だ。

「実はね。今のキスだけで、他の男に抱かれる一回分の吸精ができちゃったの」

自身の口に指を当てて、キュネイは小悪魔じみた笑みを浮かべた。

「気づいていたと思うけど、あなたに抱かれる間に、私は何度か吸精をしてたわ。これは謝っておくわね。ごめんなさい」

「そりゃ淫魔《サキュバス》なんだし、本能的な部分もあるだろ。謝る必要はないし、それ込みで好きになったんだ」

というか、昨晩は生物としての本能を臆面もなく曝け出し合った仲であるし、今更だ。

「でもね、不思議なことにユキナ君からの吸精は、他の男に抱かれるのとは比べられないほど精気を吸収できたの」

「もの凄く吸われたってことか？」

「違うわ。もしあれだけの精気を一人の男から、それもたった一晩で吸ったら――多分、衰弱死してたかもしれない」

実際にしたことはないけれど、とキュネイは付け足した。

「もしかしたら私は〝吸精〟して得た精気の全てを取り込めてはいなかったのかもしれない」

「効率が悪かった……ってことか」

「諦めていたつもりでも、どこかで男の人に抱かれるのを嫌がっていた。だから精気を無駄にしてきた。でも昨晩は違う」

心から望んで誰かに身を捧げるのは初めてであった。無意識の〝躊躇い〟を捨て去り、そして吸精を行った。

「あなたが私を求めてくれたように、私もあなたを求めた。だから完全な〝吸精〟に至った」

それはつまり……。

「ユキナ君が私の恋人でいてくれる限り、私は娼婦として他の男に抱かれる必要がない。だって、ユキナ君一人いれば、私は生きていける。だから娼婦は辞めるわ」

「……お前は本当に男を奮い立たせるのが上手いよなぁ」

彼女の言葉で、昨日から考えていたもう一つのことに対しての踏ん切りがついた。

「娼婦を辞めてくれるのは純粋に嬉しい。――けど、お前にばかり何かをさせてちゃつり合いが取れねぇ。俺は……もうちょっと上を目指すことにする」

「上って、もしかして傭兵の？」

「今、四級に昇格する試験に誘われてる。そいつを受けようと思ってる」

五級のままでは、新人の傭兵がどうにか生活できる程度。コレまで通りに脇目も振らずに稼げば多少なりとも増えるが、自身以外を養うには不足だ。

「……恋人としては応援する気持ちはあるけれど、医者としてはあまり無茶はしないで欲しいわ」

「俺だって功名心に駆られて早死にはしたくねぇよ。せっかくこうして恋人ができたんだ。俺なりのペースでいくさ」

四級になれば依頼一つ当たりの報酬もある程度は増え、五級のときほど一心不乱に働く必要はなくなる。それだけ彼女と一緒にいられる時間も増える。

「娼婦を辞めたとしても、医者は続けるつもりだし、金銭的には何も不安はないのよ？」

「男ってのは女の前では格好付けたがる生物なんだよ。それに、女に養ってもらうとかちょっと肩身が狭すぎる」

金銭的な面だけじゃなく世間体としても、キュネイの恋人として五級のままでは格好が悪すぎる。

今すぐに――というつもりはないが、最終的に目指すのは三級傭兵。傭兵組合の中では中堅所。

女一人に不自由なく生活できる稼ぎを得る。それが俺の次なる目標だった。

41 契約していたようですが

新たな目標を定めた俺は、傭兵組合に行きカランに試験を受ける意思を伝えた。彼は快く頷き、試験は一週間後に行われることとなった。

内容は、他の五級傭兵とともにある依頼をこなすこと。依頼内容の概要も聞かされており、この一週間はそれに向けての準備期間となる。

そこで俺は、コボルトキング討伐の報酬を元手に装備品を見直すことにした。今身につけているのはあくまでも〝五級で稼ぐため〟の間に合わせ品。本格的に傭兵として活動していくなら、防御についても考えなくてはならない。

傭兵稼業は、安全策を取っていてもやはり躯を張って稼ぐ仕事。何よりも恋人を得た今、早々に死んでしまえばそれこそ目も当てられないしな。

それに、これまでは棚上げしていたが、いい加減に向き合わなければならないこともある。

「――というわけなんだよ」

「……開いた口が塞がらんわい」

俺の話を一通り聴き終えた鍛冶師の爺さんが、蓄えた髭を撫でながらぼやいた。その目の向く先は、壁に立てかけられているグラムだ。

「そんなわけで、世にも珍しい喋る武器ことグラムだ。よろしくな爺さん！　もっとも、爺さんとは初対面ってわけじゃぁねぇけど！」

グラムは景気よく台詞を吐いた。念話でなく、実際に声を発しているのは、俺がグラムにそう頼んだからだ。

「長く武器に携わる人生を送っとるが、まさか意思を持った武器と巡り合うことになるとは思いもせんかった。しかも、それが目と鼻の先にいたなどと誰が思う」

爺さんの言葉に、俺もウンウンと頷いた。

俺は装備を整えるために、グラムを買ったあの武器屋を訪れていた。店主の爺さんは先日に大仕事を終えて暇だったらしい。そして、相変わらず店内はボロっちく、店には閑古鳥が鳴いている。

ただ、店内に人気がないのは好都合だった。

俺は爺さんにもグラムが意思を持った喋る武器であるのを伝え、実際に声を出させた。

当然のように仰天した爺さんだったが、すぐさまに落ち着いた。以前に店にあった時とは明らかに様相が変わっている槍に、ただならぬ気配は感じていたようだ。

「それで──なぜわざわざ儂に教えに来たのじゃ？　そのこと自体は嬉しいが」

「俺もそいつぁ気になってた。相棒が俺のことを誰かしらに伝えるのは構わねぇが、どうして爺さんの店に来たんだ？　……まさか、俺を売る気か！」

「なわけねぇだろ」

今更グラムを手放す気は毛頭ない。グラムが俺のことを『相棒』と呼んでいるのと同じで、俺もグラムのことを『相棒』だと思っている。間違いなく調子に乗るから絶対に口にしないけど。

ただ、いい加減に知っておくべきだろう。

「これまでずっと触れてこなかったけど、あえて聞くぞ。グラム――お前ってなんなんだ？」

「こりゃまた随分とざっくりとした問いかけだな」

「ざっくりでもさっくりでも構わねぇよ。今日という今日はいい加減に口を割ってもらうぞ」

「口、ないじゃろ」

まさか爺さんの方から冷静なツッコミが入るとは思わなかったよ。

「……ちなみに、断ったら？」

「爺さんに頼んで、溶鉱炉の中にお前をぶちこむ」

「誠心誠意答えさせていただきます‼」

グラムの悲鳴が寂れた店内に響き渡った。

爺さんの店に来たのは、このためであった。

もしグラムが俺の問いに渋るようだったら、本気でやるつもりだが、押し問答にならずに済んでよかった。

「実のところ溶鉱炉のなかに放り込まれたところで問題ねぇんだが、人間にしてみりゃ煮え滾る熱湯の中に生身で入るようなもんだからな。溶けはしねぇが辛すぎるわ」

溜息を吐くグラム。実際に息を吐いてるわけじゃなく「はぁ～～」と声に出すだけだったが、どれほど嫌なのかは伝わってきた。

「じゃぁ改めて聞く。お前はいったいなんなんだ？」

「……まぁ、そろそろいい頃合いだとは思ってたんだ。いいだろ、現時点で教えられる範囲は喋ってやるよ」

含みのある言い方に眉をひそめたが、グラムは構わずに言った。

「俺は『魔刃グラム』。『英雄』が振るいし刃だ」

英雄——か。ミカゲの奴もそう言ってたな。

「今のご時世だと英雄よりも『勇者』の方が合ってそうじゃが……」

「英雄と勇者ってのは似て非なるもんさ」

爺さんの呟きに、グラムはからかうような言葉を投げた。

「どちらも偉業を成すって点じゃ変わりはねぇだろうが、根底が違う。

勇者ってのは、誰かの願いのために戦う奴らのこと。

それに対して英雄ってのは、己の願いのために命を賭けられる大馬鹿野郎だ」

「……おい、それは暗に俺が大馬鹿野郎とでも言いたいのか？」

「人の忠告をまったく無視して、無謀にもコボルトキングの前に躍り出た奴が大馬鹿野郎でなくてなんなんだよ」

ぐぅ、と俺は言葉に詰まる。

「でも俺はそう言った馬鹿は大好きですけどね！　女のために命を張るとか最高すぎだろ！　愛

してるぜ相棒！」

　槍に告白されてしまった。まったく嬉しくない。

「ま、つまり俺はそんな馬鹿のために用意された武器だ。ちなみに、喋れることに特別な意味はない。強いて言えば、持ち主のお悩み相談役かな」

　お悩み相談役と言う割には、悩みを作ってる元凶に思えてきた。いや、色々と助言とか助かってますけど。

「……『英雄の武器』って大層な代物のくせに、どうしてこんなボロくさい店で中古品扱いされてたんだよ。もっと高級感あふれるお店とか、お城の宝物庫とかに収まってるもんじゃねぇのか、そういうのって」

「ボロくさいのは余計じゃ……とはいえ、そこは儂も同感じゃ。お前さんは昔馴染みの武器商から仕入れたが、奴からは特別な話は聞いとらんぞ」

　俺と爺さんの疑問に、グラムは肩を竦めた――ような雰囲気を感じる。

「〝契約〟が成されない限り、俺ぁ単なる古ぼけた頑丈な武器に過ぎねぇ。相棒だって、最初の頃はそう思ってただろ？」

　単なる……と称するには些か賑やかすぎだ。

「契約ってのは、これのことか？」

　俺は左手の甲に刻まれた〝痣〟を指差す。

「そいつは俺が、英雄の資格ありと認めた者に刻まれる聖痕《スティグマ》だ。副作用とかないから安心しろ。

むしろ色々と特典がある。あとで教えてやるから楽しみにしてな」

　契約は契約でも、〝悪魔の契約〟とかでないことを祈ろう。

「……なんだか押し売りじみて契約をさせられた俺なんですが、具体的に何をすればいいわけ？」

「さぁな」

「いや、さぁってちょっと……」

　てっきり『英雄』などと呼ばれたから、何かしらの果たすべき使命とかあると思ってたのに、返ってきた答えがまさかの『さぁな』である。思いっきり肩透かしを食らった気分だ。

「言っただろ。英雄ってのは〝己〟の願いのために命を賭けられる奴のことだって。じゃぁ逆に聞くが、相棒の今の願いってなんだ？」

「そりゃ……キュネイと不自由なく暮らせるように、しっかりと稼げるようになることだけど」

「だったら、相棒がしなきゃならないのは〝それ〟だ」

　グラムの意外すぎる返しに、俺は目を瞬かせた。

「俺の役割は、どこかの生真面目な堅物みたいに持ち主を導くことじゃない。そもそも武器が役目を与える側になってどうすんだよ。武器ってのは目的のために振るわれるもんだ」

　思い返せば、今までグラムは俺の相談に乗ってはくれたが、何かをさせようとはしなかった。

「誰に頼まれたのでもなく、懇願もなく、義務もなく。助けようとした女の意思すらも顧みず、傲慢で我が儘な〝選択〟に己を賭した。だからこそ、俺はユキナってぇ男と契約をした」

──自然と、俺は左手に力を込めていた。

特別な何かを背負わされたわけでもない。

宿命じみた何かを課せられたわけでもない。

「英雄ってのはよ、選ばれた者なんじゃねぇんだよ。己で選択し、掴み取る者を指すんだ」

それでも、グラムの言葉は俺の胸奥深くに響いた気がした。

42 試験に何故かいるようなのですが

準備期間の一週間が過ぎ、いよいよ四級昇格試験の実施日だ。その間に装備を整え英気を養い、そしてグラムの新たな使い方を学んだ。

昨晩もキュネイのおっぱいを堪能したし、気合も十分だ。

『いや盛りすぎだろ。体力は八分目ぐらいじゃねぇのか？』

気合は十分なんだよ！　多少の疲労なぞ根性でカバーするわ！

『はいはい。英雄色を好むとはよく言うが、相棒もその例に漏れず女を相手にするのが上手いよなぁ。そこはすでに英雄級だな』

俺を女誑《プレイボーイ》しみたいに呼ぶのやめてくれませんかね。人聞きが悪すぎるだろ。いや、誰にも聞こえないだろうけどさ。

『相棒の緊張をほぐそうってぇ相方の軽い冗談《ジョーク》だよ。本気で受け取らさんな……いや、割とマジだけど』

なんだって？

『べっつにぃ。それより、武器を相手に百面相してると他の奴らに変な目で見られるぞ』

誰のせいだと思ってんだ！

俺は抱きかかえるようにして持っている槍《グラム》を一瞥みしてから、視線を己の周りに向けた。

俺は今現在、王都から出発した馬車の中にいる。

一緒に乗っているのは俺と同じく五級傭兵であり、これから行われる四級への昇格試験を受ける者たちだ。

緊張に表情を硬くしている者もいれば、眠りこけている者もいるし、装備の点検に余念がなかったりと様子は様々。ただ、誰もが大小の差はあれど主武装を『剣』としており、『剣』でない装備をしているのは俺くらいのものだ。

英雄の武器の割には、相変わらず不人気だな、槍って。

『ほっとけ』

俺が周囲に視線を投げているのと同じく、周りも俺へとチラチラ視線を向けきていた。

コボルトキングを討伐した件が喧伝されたわけではない。それでも、厄獣暴走《スタンピード》が発生しそうだったという噂や、その解決に俺が関わっているという話は広まっている。それが原因だろう。『槍』を使っている事実に、五級傭兵が得るには破格の武功。この二つが合わさり、今まで以上に不審や警戒の色が強い視線を集めていた。

『英雄ってのは、成り上がりの初め頃ってのは良くも悪くも好奇の目を集めるもんさ。これがしばらくしてみろ、きっと羨望に染まってくからよ』

そこまでの立身出世は求めてないって。俺ぁキュネイと不自由なく暮らせる程度の稼ぎができればいいんだよ。お前だってそれには賛同してくれただろ。

『相棒の願いを手助けするのが俺のお仕事だからな。ま、明日がどうなるかは分からん。全てはそれ次第だろうよ』

曖昧な言葉で濁すグラムを一睨みしてから、俺は携帯食を懐から取り出し、口に放り込んだ。キュネイが調合してくれた特別製で、躯に必要な栄養分が凝縮されており吸収も早い。

小さな苦味が口に広がるが、それ以上にキュネイの想いを感じられるようだ。より一層に気合が入る。グラムの言葉は気になったが、今は目の前の試験に集中だ。

俺たちの前方にはもう一つ馬車がある。そちらには組合から派遣された役員と、監督役の二級傭兵が乗り込んでいる。

試験の内容は、組合が指定した厄獣《モンスター》の狩猟だ。俺たちを乗せている馬車は、その厄獣《モンスター》が生息している地域へと向かっていた。

さて肝心の指定された厄獣《モンスター》だが、実はまだ明かされていない。

この試験の主な目的は、不測の事態における対処能力を確かめること。狙っている目標以外の厄獣《モンスター》に遭遇し、戦闘に発展することは傭兵活動を行っていてままあることだ。そのため、現地に到着するまで受験する傭兵たちに討伐対象は知らされていなかった。

だが、これから向かう場所の情報は試験が告知された時点で公表されているため、各自はそこに生息する魔獣への対策を行っているはずだ。もちろん俺もそれなりの備えはしている。

そして王都を出発してからしばらくして、目的地に到着した。

目的地に着いた後、馬車から降りた俺を含む受験者たちは監督役の二級傭兵に招集され、説明を受けていた。

「それではこれより四級への昇格試験を執り行う。今回の試験内容は犬頭人《コボルト》の掃討だ」

討伐対象の名を聞いた途端、五級傭兵たちが顔をしかめる。

本来、犬頭人《コボルト》の討伐適正等級は五級だ。四級への昇格試験内容と考えれば明らかに不足している。というか、俺も普段は王都近郊の森でコボルトを（ビッグラットのついで）討伐していたしな。今更感は否めない。

ただし、今回の試験には一つの条件が加えられた。

「一人の目標ノルマ三十匹だ」

今度は動揺が走った。俺も驚いたよ。

試験を受ける傭兵は俺を含めて八人。単純に考えて三十×八の、合計で二百四十匹。どれだけ少なく見積もっても俺たちで百匹は確実に討伐することになる。

「数が数だけに、複数人で仲間チームを作るのもアリだ。もちろん、組んだ人数分のコボルトを討伐してもらう必要があるがな。目標《ノルマ》を超えた時点でここに戻り、組合員に討伐部位を提出し報告してくれ。また、目標である三十匹よりもさらに狩るのももちろん構わん。目標の達成者には討伐数に応じた報酬が組合から払われる」

グラム、もしかしてこいつは。

『厄獣暴走《スタンピード》の後始末も兼ねてんだろ。効率って面じゃぁ悪くねぇだろ。それに、犬頭人《コボルト》の単体討伐の報酬はそれほど高くねぇからな。おそらく、進んで犬頭人《コボルト》の掃討を手伝おうとする傭兵はあんまりいないいんだろうよ』

　カランの話では、傭兵組合だけではなく軍隊も派遣して厄獣暴走《スタンピード》で増えた犬頭人《コボルト》を減らしているが、追いついていない。やはり、犬頭人《コボルト》掃討の主力は傭兵が中心になる。だが、その当の傭兵たちが気乗りしていない。だったら、昇格試験を口実にしてしまえと、そういうことなのだろう。

　これは確かに、四級への昇格試験としては十分だ。五級の実力を考えれば、犬頭人《コボルト》三十匹の討伐は長丁場になる。ただ無策に戦えばいいというものではない。

　五級傭兵たちの顔つきが変わる。一瞬だけ〝楽勝〟だと思っていた己を恥じたのか、それとも逆に気勢が上がったのか。誰もが気を引き締めた表情をしている。

　とはいえ、俺は他の面子よりは幾分か気は楽だ。

『この前、三十のさらに十倍くらいの犬頭人《コボルト》に囲まれてたからな。けど、油断するなよ。今の相棒なら問題なくこなせる数だろうが、だからと言って気を抜いていい道理はねぇからな』

　グラムに言われるまでもなく、だがそれでも相方の言葉に俺は気持ちを切り替えた。

　まずはこの試験を突破する。そうしなければ俺の目標である三級傭兵への昇格――ひいてはキユネイとの安定した生活は望めないのだ。

　ただどうしても、試験に臨む上で気になることがあった。

「各自には事前に組合側から魔法具が支給されているはずだ」

　俺は道具を収納している腰の携帯鞄から、手の中に収まる程度の球体を取り出した。

「試験の続行が不可能になったり、自分では対応できない不測の事態が起こった場合、そいつを地面に叩きつけてくれ。割れると色つきの狼煙が空に打ち上げられ、同時に強い音が発生する仕組みになっている。俺たち監督役はその音と煙を確認次第、現場に急行する」

そう言って、彼が隣に立つ二級傭兵を見る。

銀髪狐耳のその傭兵は一歩前に出ると口を開いた。

「二級傭兵のミカゲです。あなたたちには『銀閃』と言った方が通りが良いでしょう」

そう言って、ミカゲはこちらに目を向けて微笑んだ。

「何かあれば私が現場に赴きます。各自、私の世話にならないよう、全力を尽くしてください」

なんでお前がいるんだよ、と俺は心の中でツッコミを入れた。

『十中八九、相棒を追いかけてだろうさ』

グラム、わざわざツッコミを入れてくれるなよ。

「もちろん、緊急用魔法具を使った時点で試験は失格になるが、だからと言って躊躇はするなよ。生きていれば試験はまた受けられるが、見栄を張って死んだらそれまでだからな」

引き際を心得るのは傭兵の鉄則だからなという二級傭兵の言葉に皆が頷く。

「そして、今回の試験には外部協力者が特別に参加してくれている」

今度は少し離れた位置にいる馬車へと目を向けた。二級傭兵である彼やミカゲが乗ってきた馬車だ。

「――――へっ⁉」

俺は素っ頓狂な声をあげていた。しかし周囲の傭兵たちは俺を一瞥することもなく、その人物の登場に目を奪われていた。

馬車の扉を開けて降りてきた人物は――白衣を着たキュネイだったのだ。

「彼女はキュネイ。腕利きの医者だ。回復魔法も熟知しており、諸君らが怪我を負った場合でも十分に対処できる。最低限の警戒は怠らず、試験に臨んでくれ。あと、わざと怪我をして彼女の世話になろうなんて考えないように」

唖然としている俺に、キュネイは笑みを浮かべて手を振ってきた。

可愛いと思う一方で、なぜに？　という疑問で俺の頭が一杯になった。

43 ものすごく咳払いをされたのですが

試験が開始されると、受験者である五級傭兵たちは我先にと森の中へと突入していった。どうやら誰かしらと組んで試験に臨む者は誰もいなかったようだ。

俺は他の受験者たちが森へ入る中、ただ一人その場に留まっていた。

もちろん、キュネイと話をするためだ。彼女は持参した医療具をシートの上に広げ、救護所としての体裁を整えている最中だった。

「おい、キュネイ」

「あ、ユキナ君。どうしたの？」

「『どうしたの？』はこっちの台詞だ。なんでお前がここにいるんだよ」

「聞いてなかったかしら。私は救護班としてこの四級昇格試験に同行したって」

「……わかってて言ってんだろ」

「うん。でも、もうちょっと待っててね」

図らずも険しい表情を作る俺に、キュネイはとぼけるような反応をしつつも、作業の手は止めない。そして、ある程度の準備が終わってから手を止めて、改めてこちらを向いた。

皺が寄ってしまった眉間をグリグリと揉みほぐしながら、俺はキュネイの話に耳を傾ける。

「ほら、ユキナ君はこの一週、何かと準備で忙しかったでしょう？　その間に、傭兵組合のカランさんって人に、この試験に外部協力者として同行させて欲しいって頼んだのよ」

「だからなんでさ」

「それはもちろん、ユキナ君の力になりたかったから」

そう言って、キュネイが俺の手を取った。

「あなたが私のことを思って頑張ろうとしているのは嬉しいわ。でも、それと同じくらいに心配なの。また、この前のようなことが起きるかって思うと不安で仕方がないわ」

コボルトキングのときか。

俺はあの時に〝無茶〟をやらかし、冗談抜きに生死の境を彷徨った。意識がなくグラムからの又聞きではあるが、キュネイには本当に心配をかけた。

「あれほどのことはそうそう起こらねぇよ」

「だとしても、傭兵稼業は常に危険の中に身を置く仕事よ。いつ何があってもおかしくはない」

キュネイは俺の手を抱きしめるように包み込む。彼女の温もりが伝わってくるのとともに、しっかり込められた力が思いの丈を表していた。

「でもあなたを止めることなんて私にはできない。自身の思うままに行動するあなただからこそ、私は大好きになったんだから」

「キュネイ……」

「だったら、私ができることはただ一つ。ユキナ君が全力を出せるように手助けすることよ」

そして、キュネイは強い決意を込めた目で俺を見る。

「約束する。たとえユキナ君がどんな大怪我をしたって、私が絶対に治してみせる。たとえ死の淵に瀕したって、私が必ず引き戻すから」

やばい。今すぐにでもキュネイを抱きしめたくなってきた。愛されすぎだろう俺。俺も愛してるぞキュネイ。

俺は万感の思いを込めてキュネイの目を見つめ、キュネイの瞳からも溢れんばかりの愛情が返ってきた。

『いや、試験の最中だから。わかるよ？　互いの愛を確かめ合いたいって気持ちも。でも試験中だから。他人の目もあるから……ねぇちょっと！　俺の声、聞こえてる⁉』

何やら野暮ったい声が聞こえてくるが、頭の中に入ってこない。

俺とキュネイは互いの瞳に吸い込まれるように、徐々に顔が近づいて――。

「うぉっほん！」

――近づきそうになったところで、至近距離からの咳払い。

いつの間にかミカゲが俺たちの側にいて、己の口元に握り拳を当てていた。

我に返った俺とキュネイは大慌てで距離をとった。

「……ユキナさん。試験はとっくに開始しています。これ以上この場に留まるようでしたら、失格にしますよ？」

「りょ、了解っす！　行ってきます‼」

あえて〝さん〟呼ばわりするミカゲに得も言われぬ迫力を感じ、俺は大慌てで森の中に走って行った。

『ほぉぅら言ったじゃねぇか！　試験中なんだしもうちょっと色ボケは控えろ阿呆が！　これで試験落ちたら一生笑ってやるからな‼』

「はいはい！　俺が悪ぅございましたよ畜生‼」

俺はグラムの叱責にヤケクソ気味で返しながら、改めて試験に臨むのであった。

side healer 3

ユキナ君が大慌てで森の中に入っていくと、その場に取り残されたのは私――キュネイと、この試験の監督役である二級傭兵のミカゲさんだ。

彼女の噂は、これまで『傭兵』という職に深く触れてこなかった私の耳にも届いている。まだ十代の後半ながらに二級傭兵にまで上り詰めた実力者。

そして、ユキナ君が大怪我をしたあのとき、彼を必死の形相で私の診療所に運び込んだ人だ。治療を終えた後、ユキナ君の見舞いに何度か診療所を訪れはしたが、一言二言と言葉を交わした程度。あくまでも、彼女の私に対する態度は、患者の容体を医者に問うそれにすぎなかった。

それが今、ミカゲさんは私を正面に見据えていた。

「…………………………」

「…………………………」

私とミカゲさんは互いに無言。けれども、互いに視線は逸らさずにぶつかり合っている。先に視線を逸らした方が〝負け〟のような雰囲気だった。

「……キュネイ先生」

口火を切ったのは、ミカゲさんの方だった。

「あなたはユキナ様と個人的な知己であるのは以前より存じています。ですが、この場に救護班として同行している以上、特定の誰かに依怙贔屓をされてもらっては困ります」

鋭くもなく、荒ぶったふうでもない。

なのに、静かな〝圧〟を感じさせられた。

まるで、こちらを〝試す〟かのような緩やかな気迫がミカゲさんの言葉に含まれていた。

ユキナ君を助けたいという気持ちで、この試験に同行させてもらったのは確か。けれども、自分の本分を忘れたりはしない。

「それはもちろん。医者として、分け隔てなく全力で役目を果たすつもりです」

これまでは己の卑しい役目から目を逸らすため。そして、誰かの〝精気《いのち》〟を奪うことへの罪悪感から、医者を営んできた。

でも、これからは違う。

目の前の傷ついた誰かしらのために全力を注ぐ。医者としての使命を直向《ひたむき》に果たすだけだ。

私は胸の奥に強い決意を抱き、まっすぐにミカゲさんを見据えて言った。

「ですのでミカゲさん。あなたも監督役として、この場にいる責務を果たしてください」

「――っ⁉ ……当然です。私はそのためにいるのですから」

僅かばかりに息を飲んだミカゲさんだったが、すぐさま冷静さを取り戻し、短く言うと私の下から離れていった。

――私は見ていたのだ。

意識のないユキナ君を見舞いに来ていたミカゲさんが、ベッドに横たわる彼を見る目を。そこに含まれた感情を。単純に命の恩人を心配するようなものではなかった。

どうしてそこまで彼のことを想っているのか、あのときはわからなかった。でも、今の彼女を見て私は確信した。

ユキナ君はミカゲさんの命の恩人。それは彼女自身に聞かされている。でも、彼女はユキナ君に命の恩人以上の強い気持ちを抱いている。

根拠なんてない。でも、女としての確信があった。

不思議と——敵愾心は湧いてこなかった。

むしろ〝嬉しい〟という気持ちさえあった。

自分の愛した男を、他の誰かが愛する。自分と同じ気持ちを他の誰かしらが抱いてくれていることに、喜びを感じてしまう。

もちろん、本当にミカゲさんがユキナ君に恋慕を抱いているかはわからない。でも、ユキナ君のことを憎からず思っているのだけは間違いない。

こんなことを考えてしまうのは、私の本質が淫魔《サキユバス》であるからだろうか。

一般の女性から外れた感性に苦笑しつつも、この件は一旦放置しておく。ミカゲさんに言われたとおり、医者として万全の体制を整えておかなければならない。

「さて、お仕事お仕事」

医者の取り越し苦労は歓迎するところ。何もないに越したことはない。

それでも万が一のために動くのが私の役目なのだから。

「でも、どうして〝様〟呼ばわり？」

それがどうしてもわからなかった。

44 試験が開始したようですが

森に入って少しすれば、いきなり三匹の犬頭人《コボルト》と遭遇。俺の姿を見つけるなり、血走った目と牙を剥きながら襲いかかってきた。

「相変わらず殺気立ってんな、犬頭人《こいつら》」

「頭の中は空腹で一杯なんだろうさ」

俺は槍を振るい、冷静に飛びかかってきた犬頭人《コボルト》を仕留めていく。

以前ならこうもいきなり襲いかかってくると動揺もしていたが、あの絶望的な厄獣暴走《スタンピード》の真っ只中を体験した後だと拍子抜けもいいところ。

「先にも言ったが、慣れってのは良くもあり悪くもある。手の抜きどころを誤るなよ」

「了解」

グラムの忠告に真摯に頷き、俺は冷静に犬頭人《コボルト》にトドメを刺す。

三匹全ての動きが完全に止まったのを確認してから、俺は槍を背中の鞘に収める。解体用ナイフを取り出し、犬頭人《コボルト》の牙を剥ぎ取っていった。

普段なら組合に買い取ってもらうために毛皮や肉も剥ぎ取り解体するのだが、今回は犬頭人《コボルト》の討伐数が重要だ。討伐証明の部位だけを剥ぎ取って後はそのまま放置。試験の終了後、組合の人間が森の中に入り、犬頭人《コボルト》の死体を処理してくれる手筈になっている。

「早々に三匹。幸先が良いと表現するべきか迷う」

「他の傭兵《やつら》ならともかく、相棒だったらそうだろうよ」

試験としては大量に犬頭人《コボルト》と遭遇できるのは合格への近道なのだろうが、厄獣暴走《スタンピード》を体験した身としては素直に喜べない。グラムも俺の心境を察して苦笑した。

それから森の奥へと進むにつれて、随所で犬頭人《コボルト》と遭遇。俺は油断なくグラムを振るい、徐々に犬頭人《コボルト》の討伐数を増やしていった。

幸いにも、コボルトキングが出現したときに比べて、一度に出会う犬頭人《コボルト》の数はそれほど多くなかった。襲撃も散発的であり、波状的に襲われる事態にはならなかった。

「五匹やそこらでの連携はできてもそれ以上は到底無理だ。あれはコボルトキングの圧倒的な支配力があってこその芸当だからな」

元々、犬頭人《コボルト》は野生の獣よりも僅かにマシ、という程度の知能しか持ち合わせていない。数の利を利かせた高度な戦法など取れるはずがない。

「とはいえ、一口に犬頭人《コボルト》と言っても、その全てが馬鹿なわけじゃねぇ。中には多少なりとも賢い個体も存在してる。口すっぱくして言うが、油断するなよ──く」

「『口ねぇけどな』とか言ったら放り捨てるぞ」

「……やるじゃねぇか、相棒」

「感心するところかそこ⁉」

などと身のあるようで無駄極まりない会話を続けながらも、槍の穂先に淀みは含まない。

犬頭人《コボルト》が襲いかかってくれれば、すかさずに槍を振るって討伐していく。

この一週間、装備の見直しも含めて、俺は『黒槍《グラム》』の使い方をグラム自身に教わっていた。それこそ最初は眉唾のようなものであったが、実際に〝それ〟を使えば驚くよりほかなかった。

ただ、この分だとその鍛錬の成果をお披露目するのは先延ばしになりそうだ。犬頭人《コボルト》が相手であれば、グラムを単なる『槍』として使うだけで問題ないのだが――。

「ん？　――ちょっと相棒。タンマ」

討伐目標の八割程度を終えた頃に、グラムが唐突に待ったをかけた。一見して付近に異変はないが。

「相棒の左前方しばらく行ったところで、傭兵が一人やばいことになってる。こりゃ……助けねぇと死ぬな」

「ちょ、マジかよ――っ」

俺は黒槍を肩に担ぐと、グラムの示した方向へと走り出した。

「迷いなくそっちに走り出すあたりがさすが相棒」

語尾に音符がつきそうなほどにグラムはご機嫌だった。

「馬鹿言ってないで状況教えろ！」

「あいよ。傭兵が一人、犬頭人《コボルト》十匹に囲まれてる。でもって肝心の傭兵がその中心から動かねぇ。生きてはいるが……おそらく足をやられたな」

「緊急用魔法具使ってないのか⁉」

「そこまではわからん」

草木を掻き分けて俺は森の中を駆け抜けた。

やがて、少しだけ開けた空間に出ると、グラムが事前に知らせたとおりの状況だ。俺とそう歳の変わらない若い傭兵が尻餅をついており、その周囲をぐるりと犬頭人《コボルト》の群れが包囲している。

傭兵は右手に剣を持っていたが、左手は足の太ももを押えており、その部分は赤く染まっていた。

グラムの予想通りに足を負傷して動けない状況だ。

「おっと、どうやら賢い犬頭人《コボルト》がいたな。うまい具合に仲間のいる方に誘い込んだんだろうよ」

「冷静だなおい！」

「ぶっちゃけ他人事だしなぁ」

「冷血漢か！」

「武器に血が通ってたら逆に怖いわ」

阿保なことを抜かすグラムを握り直し、俺は駆ける。

「くそっ、来るな！　来るな‼」

傭兵は手に持った剣をめちゃくちゃに振るっている。声は強いが震えが混ざっているのが聞いてわかった。

「わりやすい感じで混乱《テンパ》ってるな」

傭兵が剣をがむしゃらに振り回しているからか、犬頭人《コボルト》は近づくことができないでいた。空腹に気が立っていたとしても、危険に近づかない程度には理性が残っているのか。

「いや、あれはおそらく……」

グラムが呟く最中に、傭兵の視界に駆け寄ってくる俺の姿が映りこんだようだ。

「お、おい！　助けてくれ‼」

「あ、馬鹿！」

助けが来たことに気が緩んだのか、傭兵の剣を振るう手が止まってしまった。あの動きが彼の命を繋ぎとめていたというのに。

案の定、それを好機と見た犬頭人《コボルト》の一匹が傭兵の背後から接近する。雄叫びをあげて迫ってくる厄獣《モンスター》に気がついた傭兵は慌てて振り向くも、恐怖に体が強ばって剣を振れない。

この距離からでは走っても間に合わない。

だったら――。

「グラム！　投げるぞ！」

「あいよ、いつでもいいぞ！」

俺は担いでいたグラムを逆手に持ち、

「いくぞ――っ、だっらぁぁぁぁぁぁっっっ‼」

走る勢いをそのままに全力で投擲《とうてき》した。

「いぃぃぃいやっほぅぅぅぅぅ‼」

文字通り〝投げ槍〟の要領で投げ放ったグラムは、高々と叫びながら一直線に空中を走る。そして、傭兵に襲いかかろうとしていた犬頭人《コボルト》の開いた口腔へと吸い込まれ、延髄から穂先が突き抜けた。

「よっしゃぁ！　命　中《ドンピシヤア》！」

俺は自身の見事な一射に握り拳を固めた。

犬頭人《コボルト》たちは、仲間の一つをやられたことでようやく俺に気がつき目を向けた。そして、武器を自ら投げ放った俺へと猛然と襲いかかってくる。

仲間をやられたことに憤りを感じたのか。あるいは、負傷しながらも武器を持っている傭兵よりかは、無手の俺の方が仕留めやすいとなけなしの知能で判断したのか。

もし後者であるのならば、残念という他あるまい。

俺は足を止めると、襲いかかってくる犬頭人《コボルト》たちを目前にして、聖　痕《スティグマ》の刻まれた左腕を構えた。

そして、足を踏み込みながら叫ぶ。

「『魔刃』よ、来い！」

左腕の聖　痕《スティグマ》が脈動し、漆黒の光が俺の手の中に集まった。

「呼ばれて光《ひか》って俺ちゃん参上！」

そして次の瞬間には光は形を成し質量を経て——黒槍《グラム》が現れた。

俺は槍の長柄を握りしめると、目前の犬頭人《コボルト》たちを薙ぎ払った。

犬頭人《コボルト》たちの動きが止まる。下手に賢いのがここで仇を為したか、俺の手に突然現れた黒槍に驚いたのかもしれない。

俺はその隙を逃さずに、残った犬頭人《コボルト》たちを素早く殲滅していった。

45 トラブルは終わらないのですが

犬頭人《コボルト》を全滅させてから、俺は動けなくなっている傭兵の下に近寄った。

「おう、無事か？」

「な、なぁあんた。今何をしたんだ？」

——召喚《コール》。

〝契約〟を果たしたことによって得た『魔刃グラム』の新たな能力。意思を込めて名を呼べば、どれだけ遠くにいたとしてもグラムを即座に俺の手元に呼び出すことができる。

グラムは最初『おしゃべり機能と同じ、単なる便利機能だ』としか言っていなかったが、俺は率直にこう呟いてた。

「これって、投槍《なげやり》が投げ放題ってことじゃね？」

なにせ、投げた槍を瞬時に呼び戻せるのだ。実質、大量の投槍を抱えているのと同じであり、その大量の槍をグラム一つで賄えてしまうのである。

ちなみに、俺のつぶやきを聞いていた鍛冶屋の爺さんとグラムが、次の瞬間に大爆笑していた。

そんなわけで、俺が躊躇なくグラムを投擲したのも、この召喚《コール》で自在に呼び戻せるからだ。

ちなみに、投槍の練習はこの一週間でそれなりにこなしたが、命中率はそこそこ。なので、下手すると投げたグラムが犬頭人《コボルト》ではなく傭兵に命中する恐れもあったが、それは結果オーライである。

とはいえ傭兵の疑問に命中率の問題も含めて懇切丁寧に答えてやる義理はない。

「ご想像にお任せするよ。それよりも足の具合はどうだ」

ばっさりと傭兵の問いを切り捨てて、俺は質問を重ねる。

俺の煙に巻くような態度に僅かに眉をひそめた傭兵だったが、足の怪我を思い出した途端に痛みが走ったのか、表情を歪めて顔を伏せる。

「ちょっと見せてみ」

俺は傷を押さえる傭兵の手をどける。

『こりゃ結構深いな。今すぐにってわけじゃないが、放っておくと出血多量でヤバくなるぜ』

よく見ると、傷口から流れ出た血液《それ》で、地面に血溜まりができている。傭兵の顔色も悪い。グラムの言うとおり、放置すれば命に関わる。

「緊急用の魔法具は」

「……あの犬っころから逃げてる最中に落とした」

「かー、何やってんだよ」

傭兵の不手際に俺は思わず顔を覆ってしまった。傭兵当人も気まずげだった。

仕方がない。

俺は自分に支給された球体の魔法具を取り出した。

「おい……何をするつもりだよ」

「見りゃわかるだろ。監督役の傭兵を呼ぶんだよ」

立ち上がろうと己の膝に手をつくが、傭兵が慌てたふうに俺の手を掴んで止めにきた。

「じょ、冗談じゃねぇぞ！　たかが犬頭人《コボルト》の討伐で二級傭兵に助けを求めたら、それこそ笑い者にされる！」

…………。

「――――（イラッ）」

『やめろ相棒！　さすがに死人に鞭打つような行為はどうかと思う！　いや、死んでないけども！　下手すりゃ相棒がトドメ刺しちまうぞ！』

俺の心情を察したグラムが悲鳴混じりの声を発した。それがなかったら、頭突きの一つでもかまして黙らせようかと思っていたのに。

内心の苛立ちを溜息とともに吐き出すと、残った感情を込めて傭兵を睨みつけた。俺の眼光に気圧されたのか、色を悪くした傭兵の顔が引きつる。

「あのな、その足の怪我は放置してたら死ぬぞ。妙な意地はってこんなところでくたばったら、それこそ馬鹿な話だろ」

「けど、二級傭兵を呼んだら試験が――」

「やかましい！　これ以上グダグダ言うようなら物理的に黙らせるぞ！」

ぴしゃりと言葉を叩きつけ、俺は傭兵の手を振りほどいた。血を失って力が入らないのか、あっさりと傭兵の手が外れる。

まだ食い下がろうとする傭兵だったが、俺の言葉が正しいとも頭では理解しているのだろう。手を伸ばしはするがそれ以上のことはしなかった。

俺は鼻息を鳴らしてから、手に持っていた球体を地面に叩きつけた。

直後、強烈な音が鳴り響き空に向けて色つきの狼煙が舞い上がった。

「のぉぉぉぉ……想像を遥かに超えて強烈……」

『こんだけでかい音だったら、森の入り口までは間違いなく届くわな』

至近距離で大音量を浴びせられた俺は堪らずに耳を塞ぎ、そんな俺の脳内にグラムの声が響く。

こういったとき、念話《チャンネル》は便利だ。聴力に頼らずに意思疎通が可能なのだから。

『お、早速こっちに近づいてくるのが――あら？』

人間でいう、首を傾げるような声を発するグラム。

『……相棒、悪い知らせだ』

「今度は何さ。また誰か襲われてんの？」

大丈夫かこの試験。受験生の質とかこの森の環境とかさ。

『襲われてるかどうかは不明だが――かなり〝デカイやつ〟がこっちに向かってきてる。おそらく、相棒が使った魔法具の音に反応したんだろう』

「……いや待てよ、この森にそんな厄獣《モンスター》いたか？」

あれだけのどでかい音なら、厄獣《モンスター》はおろか野生動物だって警戒して近づいてこない。飢餓で正常な判断力を失った犬頭人《コボルト》ならありえるが――。

事前に調べた限りでは、この付近にはそれらしき厄獣《モンスター》は出没しない。

だが、深く考えている暇はなかった。

程なくして、森の奥から木々をなぎ倒すような破砕音が響き渡り、それが徐々に近づいてきていた。

『来るぞ相棒！　構えな！』

「ったく、どうしたってんだい！」

言われるがままに、俺は槍を携え音が近づいてくる方向を睨みつけた。

──そいつは手近な木を粉砕しながら姿を現した。

「捩角牛《ホーンブル》！　なんでこんなところに⁉」

名前のとおりに、大きく発達した捩れ角を持つ牛型の厄獣《モンスター》。討伐の適正階級は四級で、本来は俺たちが相手にする厄獣《モンスター》ではない。

こいつはもっと森の奥に生息する厄獣《モンスター》だ。俺たちが今いる表層には滅多に出現しない。少なくとも事前に調べた限りではそうだった。

強烈な外観に比べて気性はおとなしい方で、大音量を聞けばむしろ森の奥へと逃げ帰るような厄獣《モンスター》だ。なのに目の前に現れた捩角牛《ホーンブル》は鼻息を荒く漏らし、後ろ足でしきりに地面を蹴っている。極度の興奮状態なのが素人目で明らか。

『相棒、やつの横っ腹あたりだ』

グラムに指摘されて気がついたが、捩角牛《ホーンブル》の脇腹付近の毛が真っ赤に染まっている。どうやら傷を負っているようだが……。

『どっかの馬鹿が下手に手を出して、捩角牛《ホーンブル》が激情《ブッツン》したんだろうさ』

グラムは〝どっかの馬鹿〟とは表現したが、十中八九俺たちと一緒に試験を受けていた傭兵だ。

『角に血が付いてないのを見ると、奴を刺激した馬鹿は逃げ出したな。で、興奮して怒りの矛先を探していた捩角牛《ホーンブル》が、運悪く相棒が使った魔法具の大音量を耳にして――』

「――こっちに引き寄せられたってことか」

ってふざけんなよ⁉

完全にとばっちりじゃん‼

捩れた角の先端は、寸分たがわずに俺へと向けられている。完全に、怒りの矛先は俺に定まっていた。

『捩角牛《ホーンブル》は怒り出すと、目に映る全てのものを粉砕するまで止まらねぇ。しかも、その突進速度は人間の足でとても逃げ切れるもんじゃねぇぞ』

捩角牛《ホーンブル》の巨体から繰り出される体当たりは強烈。名前の元となった捩れた角に刺し貫かれればまず助からない。

仮に木々に紛れてやり過ごそうにも、捩角牛《ホーンブル》がここまで生い茂る草木を粉砕しながら現れたこともあり、障害物はないに等しいのが証明されていた。

「……ミカゲたちが駆けつけるまで、ここで耐えろってことか」

『しかも後ろにはお荷物がいるぜ』

背後を振り返れば、捩角牛《ホーンブル》の出現に絶望した顔を浮かべている傭兵。青白かった顔がさらに血色を失い、真っ白になっていた。足を負傷しているために万に一つの逃げる余地もない。

『さぁどうするよ相棒。お荷物を囮にすりゃぁ、万に一つの逃げる余地はこっちにある。そうすりゃぁミカゲらとも合流できるぜ』

からかうようでいて、試すような台詞を吐き出すグラムに、俺は答えの代わりに槍の長柄を強く握りしめた。

せっかく助けたのに速攻で見捨てるとか、寝覚め悪すぎる。

ここで仕留めるしかないだろ！

『それでこそ俺の見込んだ英雄様だ！』

歓喜の声を発した黒槍《グラム》――その刃元に埋め込まれた紅の宝石が光を放った。

46 重量マシマシなのですが

——ついに我慢が限界に達したのか。

捩角牛《ホーンブル》が地鳴りを響かせながらこちらに、向けて突進してきた。

この進路《コース》のままであれば、俺が避けたところで背後の傭兵が巻き込まれて死ぬ。

ならば、この場に踏みとどまって迎撃するしかない。

「頭下げてろ！」

背後の傭兵に振り向かずに言葉をぶつけた。傭兵が実際に頭を下げたかどうかを確認する暇はなく、俺は大ぶりに槍を振りかぶる。

「〝重量増加《エンチャント》〟！」

気迫を込めた言葉とともに、猛然と突撃してくる捩角牛《ホーンブル》へと一歩を踏み込んだ。

——バゴンッ！

俺の踏み出した一歩が、足の甲あたりまで地面に埋没。両腕から始まり、全身に凄まじい〝重量〟が伸し掛かった。

——重量増加《エンチャント》。

俺と契約を果たしたグラムが、召喚《コール》とともに得た力。コボルトキングを討伐するに至った最大の要因。

端的に言えば、グラム自身の重量を普段の倍以上に引き上げる能力。

つまり、今この瞬間に俺が振るうグラムは、数倍以上の大きさを持つ質量の鉄塊にも等しい。

『よっしゃぁ‼　やったれ相棒っ‼』

「──おおおおおりゃぁぁぁぁぁぁぁぁぁっっっっ‼」

グラムの声に後押しを受け俺は腹の底から絶叫を絞り出しながら、目前にまで迫っていた捩角牛《ホーンブル》へと槍を大きく薙ぎ払う。

槍の穂先は捩角牛《ホーンブル》のご自慢の角を粉砕し、その躯を派手に吹き飛ばした。

捩角牛《ホーンブル》からしてみれば、突然現れた巨人の拳に、横合いから殴りつけられたような感覚だったかもしれない。

地面に叩きつけられ厄獣《モンスター》はそのままビクビクと痙攣し、動きを止めた。

俺は槍を振りかぶったままの格好でしばし硬直し、やがて大きく息を吐き出しながら槍で躯を支え脱力した。

「あぁぁぁ……思ってたとおりにきっついわぁこれ」

捩角牛《ホーンブル》の突進を迎え撃つには、グラムの重量を最大級にまで引き上げる必要があったのだが、覚悟をしていたとはいえたったの一振りで全身の骨や筋肉が疲弊しきっていた。

『けど、最初の頃よりは随分とマシになっただろ』

俺は顔をしかめたまま答える気も失せていたが、グラムの言葉を内心では肯定していた。

以前よりも、確実に筋力が増加している自覚がある。劇的と言えるほどではないにしろ、槍を振るうことに疲れを感じなくなっていた。

重量増加状態《エンチャント》のグラムであっても、一度に限れば問題なく振るうことができる。極端に体力を消費するも、初めての時のように全身に激痛が襲ってくることはなくなった。

これもグラムと〝契約〟した影響なのか。

『そりゃ、俺の存在が相棒の成長をちょびっとは後押ししてるのは間違いない。けど、俺が思うに相棒にはそちら方向の才能があったんだろうさ』

どんな方向の才能だよ。

『そりゃおいおいわかってくるだろうさ。今はとにかく、よく動いてよく食べてよく寝るこった』

腕白《わんぱく》盛りの子供か！

『俺ぁ相棒よりも遥かに年上だからな。それよりも、どうやら来たようだぜ』

グラムの言葉から少し遅れて、茂みの中からミカゲと二級傭兵が現れた。

「――っ、ユキナ様⁉」

「よぅミカゲ。お疲れ」

俺の姿を確認するなり驚くミカゲに、俺は槍を持った方とは反対側の手を上げた。

「まさか、先程の救援要請は」

「いんや。確かに俺の魔法具は使ったが、救援が必要なのはこっち」

俺は自身の後ろで未だにへこたれている傭兵を親指で示した。ミカゲは彼の怪我に気がつくと、すぐさま駆け寄った。

「軽く止血した後は、キュネイ先生の下に連れて行った方が良さそうですね。それと、現時点を以ってあなたは失格扱いとなります」

ミカゲは持参していた止血帯を傭兵の足に巻きつけながら言った。彼は悔しげに呻いたが、すぐに諦めたようにがっくりと肩を落とした。

一方で、ミカゲと一緒にこの場にやってきた二級傭兵は、厄獣《モンスター》の亡骸を厳しい視線で見据えている。特に捩角牛《ホーンブル》の死体を見る目は鋭かった。

「先に断っとくけど、捩角牛《ホーンブル》と遭遇したのは俺たちのせいじゃねぇぞ。どっかの馬鹿が下手に手を出したせいで興奮してたのが、俺たちに襲いかかってきただけだからな」

「――捩角牛は君が倒したのか？」

「でなかったら、あんたらが到着する前に俺たちは仲良く揃ってひき肉《ミンチ》になってらぁ」

二級傭兵の言葉に俺は正直に答えた。グラムの特殊な力のことは伏せているが、それを除けば全て真実だ。咎められるいわれはない。

「……事の経緯を詳しく聞きたい。一度、入り口まで同行してもらえるか？」

「もちろん。それと、そこらに転がってる犬頭人《コボルト》は俺が討伐したやつらだ。手持ちの討伐部位と合わせりゃ、試験の合格水準は達成してるはずだぜ」

俺は犬頭人《コボルト》の牙が入った狩猟袋を掲げ、二級傭兵に笑いかけたのだった。

結果的に、この試験に失格したのは二人。

一人は、犬頭人《コボルト》に囲まれて足を負傷した奴。そして、捩角牛《ホーンブル》にちょっかいを出した奴だ。

受験者全員が必要な数の犬頭人《コボルト》を討伐し森の入り口に戻った際、一人だけ様子がおかしい傭兵がいた。二級傭兵がそいつを締め上げたら案の定、捩角牛《ホーンブル》にちょっかいを出した張本人だったのだ。

事の経緯は俺とグラムの予想通り。

討伐による報酬に目がくらんだ傭兵《バカ》が、偶然遭遇した捩角牛《ホーンブル》に手を出した。結局、討伐しきれずに捩角牛《ホーンブル》は暴れ出し、傭兵は命からがら逃亡。その後、捩角牛《ホーンブル》がどうなったかはもう語るまでもない。

俺が助けた傭兵は厳重注意と一定期間の昇格試験の受験禁止。こちらは妥当なところだが、捩角牛《ホーンブル》にちょっかいを出した傭兵は他の傭兵を無為に危険にさらしたことでの厳罰処分。〝一定期間の傭兵活動禁止〟となった。

もしあの興奮した捩角牛《ホーンブル》に俺ではなく他の五級傭兵が遭遇していたらほぼ確実に殺されていただろうからな。当然の罰だろう。

で、この失格になってしまった二人を除けば、四級昇格試験は全員合格。もちろんそこには俺も含まれている。

とりあえず、一歩前進だ。

47 ついてくるようなのですが

無事に四級へと昇格を果たした俺だが、組合で依頼を受け日銭を稼ぐ毎日に変わりはなかった。

五級の頃よりは実入《ほうしゅう》りがよく、それでいて難易度の高い仕事を受けられるようになったが、流れ《ルーチン》そのものに変化はない。

ただし、住処に戻るとキュネイが笑顔で迎え入れてくれるのが大きな変化の一つと言えた。診療所に戻れば『お帰りなさい』といってくれる彼女の存在は、俺の癒しでありやる気《モチベーション》の大きな原動力になっていた。

キュネイの周囲にも俺以外の変化はあった。

以前に比べて、診療所を利用する傭兵の数が増えたのだ。

切っ掛けはやはり、あの四級昇格試験。

あの試験では足を深く負傷した者の他にも、手傷を負った者もいた。一匹一匹はさほど脅威にならなくとも、多数を相手にすれば油断ならないということだ。不合格にはされなかったが、それでも監督役である二級傭兵からは厳しい言葉が伝えられた。

そんな折に、負傷した傭兵たちを迅速に治療したキュネイの腕前が人伝で伝わり、傭兵組合の中で評判になったのだ。おかげで、診療所は繁盛している。

とはいえ、評判になったのは医者としての腕だけではない。キュネイは元高級娼婦。相手をするのはごく一部の金持ちではあったが、キュネイを買おうと試みた者は傭兵組合にもいるし、上級の傭兵ともなれば実際に彼女と一夜を明かしたものだっている。

そんな彼女の美貌に釣られて診療所を訪れる者も少なからずいた。中にはよからぬことを考える輩もいたはずだ。

だが、これに関してはさほど問題は起こらなかった。

理由は、キュネイがミカゲと知り合いだったからだ。

たまに忘れかけるが、本来のミカゲは自他共に厳しい傭兵。少なくとも、俺と話しているときはそうだ。そんな彼女が後ろ盾になってくれているおかげで、キュネイは安心して診療所の仕事に専念できている。

そして、俺の身の回りに起こった大きな変化の二つ目なのだが——。

その日に受けた依頼は〝厄獣《モンスター》の駆除〟。

傭兵の仕事としてはごくありふれたもの。逆を言えば傭兵である以上は必ずついて回る仕事とも言えた。

俺は普段通りに入念な準備をしてから、王都を出発した。

「さぁユキナ様。今日も頑張ってお仕事に参りましょう！」

「お前はどうしてそうも元気なわけ？」

やる気を張らせるミカゲに、俺は呆れた声を返した。

さも当然のように付いてきた彼女だったが、これが初めてではない。四級に昇格してからすでに何件もの依頼をこなしているが、高確率でミカゲが同行するようになったのだ。

仲間を募って活動する傭兵は珍しくない。むしろ、上の階級に行けば行くほど、誰かしらと組んで依頼をこなすことが多くなっていく。

厄獣《モンスター》の中には人間よりも遥かに強靭な体と巨体を持つものも多くいる。それらを相手に個人で挑むのは愚策もいいところ。その手の厄獣《モンスター》を相手にするときは、仲間《パーティー》を組んで挑むのが定石だ。

とはいえ、四級までで相手にできる厄獣《モンスター》の中には、個人で討伐できるものも多い。無理に仲間を作る必要もない。

今回の依頼もその一つ。油断さえなければ今の俺の実力であれば問題なく完遂できる。

なのにミカゲときたら。

「〝仲間〟であるのなら一緒に行くのは当然です」

……そういえばそんなことを口にしたっけな。

少し前に、ミカゲから『自分を配下にしてください！』ととんでもないことを言い出したので、とりあえず『仲間から始めましょう』と返したのだが、キュネイとのことや昇格試験で頭がいっぱいですっかり忘れてた。

別に、別階級の傭兵同士が一緒になって依頼をこなすのは禁止されていない。ただ、低階級の傭兵が自分より上の階級の依頼を受けることはできない。つまり、上階級の傭兵は必然的に低階級の依頼をこなさなければならない。

四級の傭兵が応援として三級傭兵と手を組み四級相当の依頼を行うのならばまだ分かる。俺とミカゲの場合は、四級と二級。傭兵の階級が二つも違うのだ。

ぶっちゃけ、ミカゲに全く旨みがない。

俺に合わせて四級の依頼を行うくらいだったら、彼女単独で三級の依頼を受けた方が絶対に儲けはいいはずだ。

彼女が付いてくると言い出した当初、その事に関して聞いてみれば。

「金銭面ではさほど困っていません。これまでの稼ぎがあれば、普通に生活するだけなら数年分の蓄えはありますし」

「おっふぅ……さすがは二級傭兵」

――さりげなくお金持ち宣言されて俺が凹んだ。

『まぁいいじゃねぇか相棒。ミカゲがいりゃぁ少なくとも万が一の事にはならねぇよ。なにせ、今の相棒じゃぁ勝てねぇほどに腕達者なんだから』

「ぐはぁっ……」

グラムの言葉に俺は更に打ちのめされた。

五級の俺だって頑張ればかなりの額を稼ぎ出せたのだ。二級傭兵ともなれば一度の依頼で稼ぎ出せる額は相当だ。それだけに危険な依頼は多いが、まさに一攫千金と呼ぶにふさわしい。

経済的にも能力的にも女性《ミカゲ》に劣っている我が身が惨めになった。

いや、ミカゲは傭兵としては先輩であるし、幼い頃から武芸者として厳しい鍛錬に明け暮れてきたのだ。劣っているのは当たり前なのだけれど、歳が近い相手が自分の数段上の場所にいるのがちょっと辛い。

もっとも、グラムの言葉にも一理ある。

厄獣暴走《スタンピード》のような事はもうないと思うが、ミカゲほどの実力者が一緒であるのならば、これほど心強いこともないだろう。

『あとはあれだ、俺ぁ英雄に助言《アドバイス》するのは得意だが、傭兵としての助言は俺よりもミカゲの方が適してんだろ。今よりも上を目指すつもりなら、色々と教えてもらいな』

おお、その考えはなかった。

精神的ダメージから立ち直った俺は、どうせ付いてくるならと、グラムの提案をそのままミカゲに伝えた。

「――ってことで、どうだろうか」

「過度の手出しは控えるつもりでしたが、その程度ならお安い御用です。まだまだ未熟者ではありますが、できる限りのことはさせていただきます」

そんなわけで、四級傭兵と二級傭兵という、アンバランスで奇妙なコンビが出来上がった次第である。

side fencer 2（前編）

私――ミカゲが、ユキナ様の〝従者〟になってしばしの時間が経過した。ユキナ様からすれば私はあくまでも〝仲間〟に過ぎず、私が勝手に〝従者〟と思っているだけの話なのだが、いずれは正式な配下として認められたいものだ。

さて、表向きは仲間であり、私の内面では従者。そしてユキナ様的には指導者という立ち位置である私は、ユキナ様の傭兵としての仕事に付き従うようになった。

二級である私が、傭兵の階級としては格下であるユキナ様に付き従っているのを周囲の者は奇異の目で見た。もとより、自覚はないが私の身なりは女としては整っており、ついでに動くには邪魔で仕方がない育ちすぎた胸のせいで、異性の視線を集めることには慣れていた。今更すぎて気にするほどのことでもなかった。

邪魔で邪魔で仕方がなかった〝女〟としての部分だが、今はこんな自分も悪くないと思え始めていた。

まだ知り合って短い期間でしかないが、どうやらユキナ様は胸がふくよかな女性が好みであるらしい。ふとした瞬間に、ユキナ様の視線が私の胸元に注がれているのには気がついていた。

私がそのことを察したそぶりを見せると、ユキナ様は慌てて視線を逸らすのだ。以前までなら不快感しか抱けなかっただろうが、それがユキナ様だとまったく悪い気はしなかった。

話が些か脱線した。

立場はどうあれ、ユキナ様の仕事に同行するのを許された私は、その日も彼と共に行動していた。

依頼の内容は傭兵の仕事としてはごくありふれたもの。特定の厄獣《モンスター》を討伐し、その亡骸から求められた部位を剥ぎ取って持ち帰るというものだ。

「せいやぁっ‼」

鋭い気迫とともにに、ユキナ様が黒槍を振るう。空中から襲いかかってきた鳥型の厄獣《モンスター》を穂先で切り裂くと、そのままの勢いで振り回し背後に迫る厄獣《モンスター》を葬る。

「さすがはユキナ様」

手近にいた厄獣《モンスター》を切り捨てながら、私は無意識に賞賛の言葉を漏らしていた。

私は主にカタナを得意としているが、実は一通りの武器は使いこなすことができる。むろん、槍にも多少の心得はある。だからこそ、ユキナ様の槍裁きに得心していた。

槍の最大の武器はその間合い《リーチ》の広さと、遠心力を利用した一撃だ。相手を寄せ付けずに一方的に攻撃してこそ最大の威力を発揮する。

ユキナ様はそのことをしっかりと心得ているようで、槍の長さを最大限に利用し、それでいて勢いを極力殺さずに常に最大威力を発揮して攻撃を放っている。お世辞にも腕達者とは言い難いが、槍を一振りするごとに動きが洗練されていくかのようだ。

実はといえば、ユキナ様と一緒に依頼に赴くようにはなったが、戦闘面で口出ししたことはない。戦闘中に気になったことがあったとしても、戦闘の最中にそれを修正しようと動いている。まるで、自分の動きを客観的に捉えているかのようだ。

――いや、どちらかといえば、常に誰かの助言を受けているかのような成長の仕方だった。

「ふぃぃ……とりあえず区切りはついたかな」

手近にいた厄獣《モンスター》は全滅していた。ユキナ様と私も目立った負傷なく、まさに完勝と言っていいだろう。

「ミカゲ、そっちは大丈夫か？」

「はい、こちらは異常ありません」

カタナに付着した血糊を振り払い、納刀しながら私は答えた。ユキナ様の言葉のとおりではあったが、それでもユキナ様が私を気遣ってくれている事実は単純に嬉しかった。

「っておい、怪我してるじゃねぇか」

「え？」と私が言葉を発するよりも早く、ユキナ様は私の腕を取った。すると僅かばかりの痛みが生じる。

見れば、腕の半ばあたりに小さな切り傷が穿たれていた。どうやら、戦いながら色々と考えていたのが悪かったらしい。

「も、申し訳ありません」

「なぜに謝るよ。別に怒ってねぇって。仕事を助けてもらってんのはこっちだしな」

指南役を買って出た身でありながら、この程度の厄獣《モンスター》相手に負傷するなど未熟もいいところだ。ユキナ様は笑っていたが、気の抜けていた己に恥じ入り思わず俯いてしまった。

「『治療《ヒーリング》』」

ユキナ様が唱えた言葉に、私はハッと顔を上げた。

見れば、ユキナ様のかざした手からは淡い光が発せられており、私の腕の傷に注がれている。

徐々に腕の傷が塞がれていき、やがては跡形もなく消えていった。

「これでよし、と」

「か、回復魔法⁉」

「自分の躯では何度か試してたけど、他人に使うのは初めてだったんだ。成功して良かったぜ」

得意げに言うユキナ様だったが、私は驚くしかなかった。

回復魔法は、魔法の分類としては代表的なものだが、その習得は困難とされている。傭兵組合には攻撃魔法を扱える者も登録しているが、回復魔法の使い手となると滅多にいない。命がけの職に身を費やすぐらいなら、医者になった方が遙かに安定して稼げる。

ユキナ様は少なくとも私と知り合った当時は魔法を扱えなかったはず。口ぶりからして習得したのはごく最近だろう。

——ゾクリと、背筋が震えた。

私は幼い頃から武芸者として鍛錬を積み重ねてきており、肩を並べて共に研鑽しあった同門の武芸者も数多くいる。ゆえに、これまで多くの才能を目の当たりにしてきた。

その経験からして、ユキナ様は機を得て爆発的に成長するタイプではない。その手のタイプは、一目であった瞬間にある種の〝凄み〟を感じさせてくる。未熟であっても、将来を期待させる〝何か〟があるのだ。

正直に言えば、ユキナ様はお世辞にも〝凄み〟とは無縁。一を知って十を得るような才能はないのだろう。

だが逆に、一歩一歩と緩やかに、だが着実に成長していくタイプと見受けられた。華やかさこそ皆無であろうが、揺るぎない強固な基礎が築き上げられていく印象を受ける。

ユキナ様が成長していく姿を身近で感じられるということに、不思議な高揚感を覚える。その成長の一役を自分も担うことができるのだと考えるだけで、堪らなくなる。

side fencer 2（中編）

一頻《ひとしき》りに感激していた私だったが、ふと気になることが思い浮かんだ。

いくらユキナ様が前途有望なお方であっても、こんな短期間で魔法を独学で習得できるとは考え難い。槍を使っていることからわかるとおり、ユキナ様は私と同じで前衛で武器を振るう戦士タイプ。魔法の扱いに関しては下地がないはずだ。

「ユキナ様。どこで回復魔法《その》を？」

「ん？　ああ、キュネイに頼んでな。本職《プロ》が側にいるんだし、物は試しって感じに習い始めたんだ」

言葉の最中に、ユキナ様は手元の槍をちらりと一瞥した。

「ほら、昇格試験のときに俺が偶然助けた傭兵がいただろ。あれを見て最低限、仕事の出先で応急処置くらいはできた方がいいと思ってさ」

「そう……ですね。おっしゃるとおりです」

理に適ったユキナ様の考え。けれども私は頷くのに僅かな間を要した。頭では正しいと理解していても、心の方が小さく躊躇ったのだ。

理由もわかっている。キュネイ先生の名前がユキナ様の口から出たからだ。

ユキナ様とキュネイ先生が恋人関係にあることは、すでに知っていた。

別にユキナ様が公言したわけではない。

だが、これまで人生を〝武芸〟一辺倒で過ごしてきた私であるが、昇格試験に両者のやりとりを見て、何も感じないほど人の機微に疎いつもりはなかった。

ユキナ様が誰に回復魔法を習ったか。よくよく考えれば問うまでもなかった。キュネイ先生の名前が出てくるのも当然だ。だというのにじくりと、胸の奥に痛みと不快感を伴った疼きが生じる。

それを振り払うように、私は首を横に振った。

主君の幸福を願うのは配下として当然のこと。主君の幸せこそ配下の幸せも同然。ゆえに、主君の想い人に対してやましい感情を抱くのはあってはならぬこと。

私は己の内面に湧き上がった感情を誤魔化すように言葉を発する。

「……キュネイ先生の腕前は存じています。優秀な指導者がいるとはいえ、さすがはユキナ様。こんな短期間で回復魔法を習得なされるとは」

「まだ擦り傷をどうにかするのが限界。さすがに戦闘中に治すなんて芸当は無理だし、気休め程度だ。そんなに持ち上げないでくれ――ん？」

ふと、ユキナ様が再度手元の槍に視線を落とす。無言で槍を見据えていると、小さく息を吐きながら肩を竦め、槍を背中の携帯鞘に収めた。

「さて、おしゃべりもそろそろ切り上げて仕事にかかろうぜ。指定された数には足りてないんだからな」

厄獣《モンスター》を解体するための大振りなナイフを取り出しながらユキナ様が言った。

そういえば、ユキナ様はあの黒い槍に目を向けることが多い。不思議なことに、その時のユキナ様は表情がころころと変わるのだ。愛用の武器を気にかけている、とは少し違う。まるで、その場にもう一人誰かがいて、会話をしているような雰囲気なのだ。

「どうしたミカゲ。ぼぅっとして」

ユキナ様に声をかけられて、私はハッとなった。

「重ね重ね申し訳ありません。すぐ取り掛かります」

今日はいつもより余計なことに気を取られすぎている。だから先程のような手傷も負ってしまう。まさに未熟の証拠だ。

「調子が悪かったら言ってくれよ。今日中に終わらせなきゃならん仕事ってわけじゃないんだから」

「いえ、問題ありません」

ユキナ様の気遣いを嬉しく思う一方で、彼に気遣いをさせていることを恥じ、私は雑念を振り払うように仕事に取りかかった。

――その後、依頼自体は滞りなく終えることができたが、私個人としては最悪に近い結果となった。なぜなら、その後の厄獣《モンスター》との戦闘においても私は何度も手傷を負ってしまったのだ。

ほんの擦り傷だが、普段の私ならこの程度の相手に絶対に犯しえない失態《ミス》だ。そしてその原因も心当たりがある。

ユキナ様とキュネイ先生のことを考えていたから。どうしてもそのことが頭から離れず、剣筋が鈍ってしまった。

雑念に気を取られていらぬ怪我を負うなど、武芸者にとってあってはならないことだ。

「じゃ、これがミカゲの取り分だ。悪いな、二級傭兵にとっちゃぁ端金だろうけど」

「私としては、むしろ全額ユキナ様が受け取ってもらっても問題ないのですが」

「馬鹿言うなよ。それじゃぁさすがに筋が通らねぇ。きっちり取り分をもらってくれないと、逆に俺が困る」

組合で受け取った報酬のきっちり二等分を、ユキナ様から受け取った。今日の失態を考えれば、受け取ることは躊躇われるのだが。

思わずそれを口にしていた私だったが。

「だったら、お前の倍以上に怪我した俺は、逆に罰金払うレベルなんだけどな」

「うっ……」

意地悪そうに言うユキナ様に、私は言葉が返せなかった。

表面上は無傷であったが、ユキナ様は今回の厄獣《モンスター》討伐で深刻なほどではないが何度か負傷している。その都度に回復魔法で治療していたのだ。

「……ありがたく頂戴いたします」

「わかればよろしい。今日もお疲れ様……怪我が多い方が偉そうに言うのも変な話だなおい」

ユキナ様は笑いながら労ってくれたものの、私の気は晴れなかった。

side fencer 2（後編）

その後は明日以降の予定を話し合い、組合の前でユキナ様と別れる。彼の背中が雑踏に消えるまで見送ったまま、私はそのまま立ち尽くしていた。

今日は色々と反省点が多すぎた。これでは指南役どころか配下としても失格。このままではユキナ様から失望を買うのも時間の問題だ。

雑念を振り払うには鍛錬をするのが一番だ。心を無にし、一晩ほど素振りを続ければ余計な感情を振り払うこともできるはずだ。

半ば自分に言い聞かせながら、私は組合から離れようとした。

「あ、ミカゲ様！　お待ちください！」

歩き出そうとした私に、組合の中から飛び出してきた職員が声をかけてきた。

「……私に何か？」

「じ、実は先程の依頼の清算に関して、こちらの手違いがありまして」

息を切らせながら、職員がそんなことを言った。

聞けば、私たちが本日終えた依頼の清算を請け負っていた職員が新人であり、報酬の計算にミスが生じていたらしい。本来払うべき報酬よりも少ない金額を我々に支払っていたのだ。

「大変申し訳ありません。ミカゲ様を相手にこんな失態をしてしまうとは。新人にはきつく言っておきますので、どうかご容赦を――」

「いえ、人間の作業にはミスがつきものです。次回以降に気をつけてもらえれば、こちらとしては問題ありませんから」

しきりに頭を下げる職員に、私は必要以上には責めなかった。今言ったことは本心であったが、今日失態を犯した自身を慰めるような気持ちもあった。

組合の中に戻るまで絶えず頭を下げてくる職員に別れを告げてから、私は渡された不足分の報酬が入った袋を見る。

「……仕方がないですね」

予定通りであれば、次にユキナ様と会うのは三日後となっている。その間は互いに自由ということなのだが、逆を言えばそれまでは確実に会える保証はない。

別に、三日後に会うときにこの不足分の報酬をユキナ様に渡せばいいのだが――私の足は自然と、キュネイ先生の診療所へと向かっていた。

ユキナ様は四級への昇格と同時に、居をキュネイ先生の診療所に移しているのは知っている。依頼を終えたユキナ様が向かうのは間違いなくそこだ。

そう考えてキュネイ先生の診療所を訪ねたが、残念ながらユキナ様はまだ帰っていなかった。

「わざわざごめんなさいね。今日は用事があるから少し遅くなるってユキナ君が言ってたのよ」

「急ぎの用事ではありませんので大丈夫です」

出迎えてくれたキュネイ先生が申し訳なさそうに言ったが、私は首を横に振った。

「では、私はこれで」

ユキナ様にすぐに渡せなかったのは残念だが、言ったとおり急ぎの用事でもない。

それに――これ以上キュネイ先生と顔を合わせていると。彼女には一切の非がないのは承知しているのに、ふとした拍子に邪な感情を抱いてしまいそうになる。

「あ、ちょっと待って」

踵《きびす》を返し、診療所を去ろうとするもキュネイ先生が待ったを掛けた。

「せっかく足を運んでもらったんですもの。お茶でもどうかしら」

「いえ、そんなお忙しい中で」

「平気よ。今日は急患が来ない限りは診療所を閉めるつもりだったし、あなたと少しお話ししたいと思っていたのよ」

笑みを浮かべながらの勢いに押され、キュネイ先生のお誘いに乗ることとなった。

この診療所に足を踏み入れたのは、ユキナ様が運び込まれ、見舞いに来た時以来。無事に回復してからは一度も来ていなかった。

「それで、ユキナ君は無茶してない？　あの人、普段は安全第一とか言っておきながら、たまにとんでもないことをしでかすから、ちょっと心配なのよ」

とんでもないこと――初めに思い浮かべたのは厄獣暴走《スタンピード》の一件だが、キュネイ先生の口ぶりからするともしかしたら他にあるのかもしれない。かなり興味を惹かれたが、同じくらい聞くのが怖くなって追求はしなかった。

「いえ、今のところ、そのようなことはありません」

「そう。まぁ、ミカゲさんのような腕利きの傭兵が指南役を引き受けてくれてるんだもの。心強いわ」

「……そう言っていただけると恐縮です」

今日の失態を考えると素直に頷きにくいが、指南役を買って出た手前で苦く思いつつも首肯する。

それから、キュネイ先生が淹れてくれた茶を飲みつつ、話に花が咲き始める。

ユキナ様とのことはあれど、キュネイ先生は非常に親しみを持ちやすい人だった。いつの間にか、彼女との会話を楽しんでいた。

聞き上手なのか、こちらが話したいというタイミングを見極めるのが非常に優れているように思えた。おそらくは医者という職業柄、患者と話をする上で大事な技能なのだろう。

加えてこの容姿だ。同性の私であっても、時折見せる女性的な仕草に胸の鼓動が高まりそうになる。それらを含めてキュネイ先生は魅力的な人に感じられた。

私も自身の容姿が並よりかは上である自覚はある。異性からは好奇を、同性からは羨望や嫉妬の眼を集めているのに気づかないほど鈍くはない。ただ、やはり目の前の女性と比べると相当に目劣りする。

そして何より、時折ユキナ様のことが話題になる度に、キュネイ先生は、女の私でも見惚れてしまほどに優しい顔になるのだ。本気でユキナ様のことを想っているのが伝わって来る。

キュネイ先生は本当にいい人だ。

ゆえに、彼女に嫉妬を抱いている己が卑しく感じられてくる。純粋にユキナ様の幸福を願うことができなくなってしまう。

「ところでミカゲさん、一つ聞いていいかしら」

「……なんでしょう」

内心に気落ちしている私に、キュネイ先生は唐突に。

「ミカゲさんって、ユキナ君のことが好きなの？」

「………………………は？」

——それは、ユキナ様という恋人を持った女性がするには、あまりにも軽すぎる調子での質問であった。

48 すでに奇跡のような状況なのですが

「どうだグラム。新しい鞘の具合は」

「あー、なんかこう収まるべきところに収まったって感じだ。スゲェ落ち着く」

俺が声をかけると、グラムは心地よさげな声色を発した。人間でいえば、ふかふかのベッドに身を埋めたような感じだろうか。

――ミカゲと別れた後、キュネイの診療所に帰る前に俺は武器屋の爺さんの下を訪れていた。目的は、グラムを持ち運ぶために使っている『携帯鞘』を受け取るため。事前に注文をしており、受け取りの日時が今日の夕暮れ時だったのだ。

古ぼけた印象の強かった以前とは違い、今のグラムは朱と黒塗りの立派な槍だ。以前の携帯鞘では見た目が少々〝ちぐはぐ〟だった。それに、間に合わせで購入したというのもあって素材や作りも簡素で、はっきり言ってボロくなっていたのだ。

四級に昇格し収入も上がったので、これを機にグラムを収める専用の鞘を拵えることにしたのだ。かくいう俺が今身につけている防具も、爺さんの店で揃えたものだ。

「あの爺さんはいい腕してるよなぁ。現代においちゃぁ相当の腕前だろうよ」

機嫌がいいのか、調子良さげなグラムの言葉を聞いた俺はふと聞いた。

「そういえば、グラムお前を作ったのって誰なんだ？」

グラムが武器である以上、必ず製作者が存在しているはず。まさか人間と同じで女性の股からポンと生まれたわけでもあるまい。

「…………さてな。随分昔のことだから忘れちまったよ」

「本当かよ」

「ホントホント。オレ、ウソツカナイ」

「清々しいほどの棒台詞をどうも」

これまでの付き合いで、グラムがこうやってはぐらかすときは、どれだけ食い下がってもこちらが求めた答えが返ってこないのはわかっていた。必要があれば喋るが、必要がないと判断すればグラムは絶対に喋らない。

気の置けない相棒だが、相変わらず謎が多い奴だ。

「ところで相棒、話は変わるがよ。ミカゲのことはどう思ってんだ?」

「唐突だなおい」

「そんなに唐突でもないだろ。今日も含めて、四級に昇格してから一緒に行動してるんだからな。で、どうなんだよ」

「それは仲間としてって意味か?　それとも――」

「仲間としちゃぁ、聞くまでもねぇだろ」

「だよな」

当初の厳格な印象とは打って変わって、心遣いもできて腕も立つ。背中を任せる仲間として、あれほど心強い相手もいない。

「相棒だって薄々は察してるだろ」

「そりゃぁ、まぁ……な」

以前の俺であれば絶対にわからなかった。けれども、キュネイという恋人を得て、彼女と深く接しているうちに多少なりとも〝女性〟を理解できるようになった。

だからこそ、ミカゲが時折に見せてくる物憂げな視線が何を意味するか、気づいてはいた。特に、昇格試験でのミカゲの態度。あれが、それまで漠然としか感じられなかったミカゲの想いに気づく切っ掛けとなった。

「俺の勘違いって線は？」

「数多の英雄を見守ってきた俺ちゃんが断言しよう。ありゃオチてるね」

表現が下衆《ゲス》いが、第三者（物？）の視点から見てもそうなのであれば、間違いないか。

「俺としちゃ自然な流れだと思うぜ。いつの世も、絶体絶命の危機に颯爽と現れた王子様にお姫様が惚れるってのはよくあることさ」

「ミカゲが姫様ってのはいいとして、俺が王子様って柄《ガラ》か？」

「例えだよ、例え。相棒みたいな王子がいたら世も末だわな。国が滅ぶ」

「へし折るぞこの野郎」

「やってみろこの野郎」

少しの間、軽い言葉の応酬《ジャブ》が繰り出された。

「それに、ミカゲは誰かに尽くしてこそ真価を発揮するタイプだと俺は見てる。いわゆるワンコ属性だな」

「なんだよ属性って。つか、あいつは狐だろう」

グラムの例えがよくわからずに、俺は眉をひそめてしまう。

「武芸者にはよくいるタイプでな、仕える相手に身も心も捧げちまう。相手が異性であれば、それらが恋愛感情に発展するのは時間の問題だったさ」

グラムの説得力ある言葉に、だが俺はすんなりと受け入れ難かった。

「……その様子だと、あんまり気乗りしてねぇか？」

「というよりかは、戸惑ってる」

好きか嫌いかで言えば、ミカゲのことは俺も好ましく思っている。女性的にも凄く魅力的だ。

「キュネイが恋人になってくれた時点でもう奇跡としか言いようがねぇのにさ」

そもそも、ミカゲが明確に俺を異性として捉えている前提の話だ。いくら長い時を経ているグラムの言葉とはいえ、それが正しいという証拠にはならない。

「相棒はもう少し己に自信を持った方がいいね。相棒は十分すぎるくらいに良い漢だと思うぜ。それこそ、キュネイちゃんが惚れるくらいにはな」

「そりゃどうも。というか、キュネイという恋人がいる時点でミカゲの想いに応えるわけにはいかねぇよ」

「そっかぁ？　英雄色を好むとはよく言うし、この国だって愛人を何人も囲ってる貴族とかもいるだろ」

「俺は平民だ。普通、平民は一夫一妻」

田舎者の俺だって、貴族が世継ぎを作るために側室を迎え入れる慣習があるのは知っている。

あるいは完全に女性の体目当てという場合もあるだろうが。

「それに……もしミカゲが恋人になったとしたら、キュネイだって良い思いはしないだろ」

「それは案外大丈夫だと俺は踏んでる」

「その根拠はなんだよ」

「黙秘権を行使する」

「急にハシゴ外すのはやめれ」

またこいつは肝心なところではぐらかしやがる。

と、言葉を交わしているうちに居候先《しんりようじよ》に到着していた。

49 狐さんが勝負に出たのですが

すでに夕食時も終わってしばらく経っているからか、診療所の窓からは明かりが見えなかった。

今朝の時点で帰りが遅くなる旨は伝えているので、キュネイは先に寝てしまっているのか。

「ちゃんと仕事と家庭の両立は心掛けろよ。いくら恋人のためとはいえ、仕事に専念しすぎると最終的にはそっぽ向かれるからな」

過去にそんな使い手がいたのだろうか、グラムの言葉には真に迫る雰囲気があった。

「言われなくとも。『そのため』に次の仕事は三日後にしてるんだ」

キュネイに苦労をさせないために働いているのであって、キュネイを寂しくさせてしまったら本末転倒だ。次の仕事までは彼女とゆっくり過ごして英気を養う所存だ。

ただ、今日はもう夜も遅くなり始めているので、寝ているキュネイを起こすのは忍びない。明日からの休日を楽しみにしつつ、俺も早めに寝てしまおう。

キュネイから預かった診療所の鍵を使って施錠された扉を開き、中に入った。

「ただいま～」

「お帰りなさい、ユキナ君」

「――っ。……キュネイ？」

日常的な習慣として、ただいまの挨拶を小さく口にすると返事が返ってきたことに驚く。星明りの中で薄暗く照らされたキュネイが立っていた。

「なんだ、起きてたのか。明かりがないからもう寝てるかと思ってた」

「こんな時間に？　まだ夜は始まったばかりじゃない」

クスリと笑みを浮かべたキュネイの顔を見て、俺の背筋がぞくりと震えた。

『おいおい、キュネイちゃん。なんかテンション高くね？』

グラムの指摘通りだ。角こそないが、今のキュネイは淫魔《サキュバス》としての側面が強く出ているときの彼女に近かった。

〝精気〟が足りなくなると淫魔《サキュバス》としての本能が強くなるとはキュネイ自身から聞かされている。ただ、それを防ぐため、定期的に彼女の吸精を手伝っている。今朝だってそれはしていたはずだ。

『見てるぶんにはすでに新婚さんみたいな感じだよな、お前さんら』

だから精気不足というのはありえないのだが、それにしては全身から〝色気〟を放ちまくっている我が恋人である。見ているだけで胸がドキドキしてきそうだ。

ただ――この空気には覚えがあった。

キュネイと……真に想いを伝え合い、身も心も繋がったあのときだ。そのときの彼女に似ていた。

「ほら、そんな場所に立ってないで。こっちに来て」

「あ、ああ」

キュネイに手を引かれ、俺はなされるままに診療所の奥へと向かう。居候してしばらく経っているはずなのに、まるで初めてここを訪れたかのような緊張に近いものを感じていた。

そして、診療所のベッド付近にまで来て、俺はようやく自身とキュネイを除いた第三者の存在に気が付いた。

「ゆ、ユキナ様……」

「ミカゲ？　っておいっ、なんつー格好してんだお前⁉」

傭兵組合で別れたはずのミカゲ。

しかも、最後に見たときのような民族衣装のような出で立ちではなく、躯の要所をかろうじて隠しているだけの扇情的な服装。豊かに実っている胸元は大きく開いた形になっており、今にも全てがこぼれ落ちそうなほどだ。

見ているこちらが恥ずかしくなるような格好であり、着ているミカゲ自身も羞恥からか顔を真っ赤にしており、けれども己の格好を隠そうともせず、俺に見せつけるかのように手を後ろで結んで佇んでいる。

「どうかしら。ミカゲさんの故郷に伝わる衣装を参考にしたものよ。彼女に凄くよく似合ってると思うの」

いつの間にか背後に回っていたキュネイが、俺の肩に顎を乗せ耳元で囁いてくる。

以前にキュネイが着て見せた〝勝負服〟とは作りは異なるが〝妖艶〟という点でいえば良い勝負。あの服を着たキュネイを〝艶やか〟と称するならば、今のミカゲは〝雅〟とでも表現すれば良いのか。

「その、どうでしょうかユキナ様……。このような服は生まれて初めて纏うのですが」

伏せがちの顔で上目遣いに訊ねてくるミカゲ。いつもはまっすぐに天を目指している狐耳が、今は不安げに垂れている。

『相棒……』

わかってるよ。

今のミカゲを見て、答えをはぐらかそうとする気はなかった。ミカゲやキュネイの意図は未だ読めないが、冗談でこんなことをしているのでないのだけはわかっている。

俺は恥ずかしさを押し殺して、萎縮してしまいそうな唇を動かす。

「……見ててちょっとどころではないくらいにドキドキしてる」

「そう……ですか。……ありがとうございます」

俺の答えにパッと表情を明るくしたミカゲだが、羞恥がぶり返したのか語尾が小さくなっていく。しかし、狐耳がピンっと立ったので心の中では喜んでいるのが読みとれた。

俺たちのやりとりを見ていたキュネイがまたもクスリと笑う。

「で、これってつまりどういうことだよ」

言葉と視線をキュネイに投げると、俺から離れてミカゲの背後に回ってその両肩に手を置く。

「ほら、ミカゲさん」

「は……はい」

キュネイの言葉に一度頷くミカゲ。それから少しの時間、忙しなく視線を彷徨わせた彼女だったが、やがては深呼吸をした後、ゆっくりとこちらを見て。

「ユキナ様……私にお情けいただけないでしょうか？」

――物凄く恥ずかしい話だが、ミカゲが口にした言葉の意味を冗談ではなく素で理解できなかった。ミカゲの故郷独特の言い回しとは思うけれども。

『つまりはあれだ、ミカゲは相棒に「抱いて欲しい」っていってんのよ』

それって、抱擁的な意味じゃなくて？

『男女的な意味でだよ』

…………………………………………。

今のミカゲの格好を見て、言葉の意味を察するのは難しくなかった。ただ、グラムに改めて教わってようやく理解して――って、おいちょっとまて。

ミカゲの〝申し出〟が頭の中に染み込んできて、俺は艶やかな笑みを湛えたままのキュネイを凝視してしまう。

「驚いてるわね、ユキナ君」

「いやいやいや、おたくの恋人、他の女性に言い寄られてるのに何でそんな冷静なの？」

「だって、ミカゲさんにこの提案したのは私だもの」

「はぁっ⁉」

なに言ってくれちゃってんの、このお姉さん。

50 我が侭《まま》てはあなたに……

「ユキナ君。ミカゲさんの願いを叶えてあげて」

「叶えてっておい、言ってる意味わかってんのか?」

「私の前職をなんだと思ってるの?」

そうですね。お金を頂いて男の願いを叶えるお仕事をしてましたね。俺の我が儘で辞めてもらいましたけど。本人の同意もありましたけども。

混乱しそうになる頭を深呼吸して落ち着かせる。動揺はあるが、言葉を選べる程度に冷静になってから口を開く。

「都に来た当初ならともかく、今の俺は肉体だけの関係を結ぶ気はないぞ」

レリクスのお供として都に来たのは、女を買うため。だが、今の俺にはキュネイがいる。いかなる事情があろうとも、恋人以外の女を抱くつもりはない。一度関係を持ったなら、男として責任を果たすつもりだ。

「もちろん、ユキナ君が意外と義理堅いのは承知してる」

「意外って」

キュネイのちょっと失礼な台詞に顔が引きつった。

「でも、それでもお願いするわ。ミカゲさんの想いを受け入れてあげて、ユキナ君」

キュネイはミカゲを後ろから優しく抱擁した。抱きしめられたミカゲはびくりと肩を震わせたが、顔を伏せたまま黙ってキュネイの腕を受け入れた。

「ミカゲさんの中にあるユキナ君への想いに気がついたとき、私は純粋に嬉しかったのよ。私が真に愛した男性の魅力を、他の人《ミカゲ》さんもちゃんと理解してくれた事実に」

それを聞いた俺の脳裏に、先程グラムと交わした会話が蘇った。

『それに……もしミカゲが恋人になったとしたら、キュネイだって良い思いはしないだろ』

『それは案外大丈夫だと俺は踏んでる』

さっきグラムがはぐらかした話の根拠はこれか。

「だからミカゲさんに言ったの。『あなたもユキナ君の恋人になる?』って」

「いや『なる?』ってちょっと……」

晩飯のおすそ分けじゃねぇんだぞ。ほどよく二等分なんて無理に決まってんだろ。

「もちろん、ユキナ君が私のことを愛してくれている事実を疑うつもりはないわ。でもね、たまに考えちゃうのよ」

「何をさ」

「ユキナ君みたいな素晴らしい男を、私一人の手元に縛り付けていいのかって」

それだったらむしろ、俺みたいな一介の傭兵にキュネイみたいな極上の美人が恋人になって本当にいいのかって話になる。この辺りは、いずれは出世払いということでどうにか対等になる予定であり、自分なりに納得はしているからいい。

『はっはっは、さすがはキュネイちゃんだ。王都の男たちを手玉に取ってきただけのことはあらぁな』

頭の中にグラムの高笑いが響き、イラっとくるが今は無視しておく。それよりもキュネイの言葉に耳を傾ける。

「でね、実は前々からミカゲさんのことを〝良いな〟って思ってたのよ」

「……どんな感じの〝良いな〟なんですかね」

「それはもちろん、ユキナ君の新たな恋人としてよ」

俺が大怪我した際に、見舞いに来たときのミカゲの様子。そして昇格試験の時に見せた態度で、キュネイは確信したのだ。ミカゲの胸の奥に秘められた〝想い〟を。

「それだけじゃない。私は医者。ユキナ君の怪我を治すことはできても、隣に立つことなんてできない。でも、ミカゲさんならいざというときにユキナ君の助けになれるわ」

キュネイはキュネイで思うところがあったのか。

それは良いとして。

「流れから当然のように話してるけど、キュネイ的には自分以外に自分の男に恋人ができるのはその……〝あり〟なのか？」

「さっきも言ったとおり、私の中にあるのは純粋な嬉しさよ。私はミカゲさんがユキナ君の恋人になってくれるのを歓迎するわ」

そう言ってから、キュネイは苦笑した。

「自覚はあるの。この辺りの感覚は間違いなく他の人に比べればズレてるんでしょうね。でも、不思議と嫌悪感はないの」

――もしかして、淫魔《サキュバス》としての側面が？

『淫魔《サキュバス》は性に対しては寛大だからな。ま、帰り道に話してた俺の根拠も元をただせばこれだけどよ』

俺はミカゲへと視線を向ける。キュネイと話している間、彼女は期待と不安が入り混じった目をしながら、時折身をよじらせてこちらを見つめていた。それだけでも俺の胸が締め付けられるような感覚に襲われる。

外聞もなく正直に述べてしまえば。

物凄く〝キテ〟いた。

グラムと帰り道にミカゲとの関係についてあれやこれやと話し合っていたのだ。口ではぐらかしつつも、ミカゲとの関係を持ったとすれば――なんて想像をまったくしなかったわけではない。キュネイへの罪悪感を抱きつつも、頭の片隅で思い浮かべたのは否定できない。

それを振り払おうとした矢先に、暴力的で魅力的すぎる格好をしたミカゲが現れたのだ。これで男心を揺さぶられなかったら男として機能不全を起こしている。

そして、ここに来てキュネイのお墨付き。止めるどころか背中に全力で体当たりするかのような後押し。

補足すると……キュネイはミカゲを後ろから抱きしめたままなのだが、その手付きが色々と怪しい。ゆったりとした手付きでミカゲの躯をさすっているのだが、手の動きに合わせてミカゲが反応する。時折唇を噛み締め、なにかに耐えるような表情を見せる。

ぶっちゃけ、エロい。

『おおぉ、ドキドキする胸がない俺でも、ちょっとドキがムネムネしてくる』

真面目なお話ししてるときに雰囲気をぶち壊すようなネタを放り込んでくるのはやめて欲しい。

「……ユキナ様」

俺とキュネイの会話を黙って聞いていたミカゲが、か細い声を発した。それが耳に滑り込んだ途端に、背筋がぞくりと震える。

「たとえあなた様が誰かを愛そうと、我が忠義に揺るぎはありません。ですが、私はキュネイさんに嫉妬を抱いていました。ユキナ様の寵愛を受けるこの人が羨ましかった。そんな私を、キュネイさんは快く受け入れてくれました。嫉妬に駆られていた私の想いを肯定してくれたのです」

ミカゲはそっと、己の躯を抱くキュネイの手を握った。キュネイは小さく驚いた顔をしたが、慈愛に満ちた笑みを浮かべるとさらに深くミカゲを抱きしめた。

目を瞑り、やがて意を決したように口を開いた。

「今夜だけでも良いのです。一度、あなたの腕に抱かれたのならば、これ以降あなた様を求めようとはいたしません。たとえどのようなことになろうとも私は一振りの〝カタナ〟となり、あなた様が修羅の道を歩もうともこの身が朽ち果てるまでお供する覚悟です」

ほろりと、薄暗闇の中でありながらミカゲの目元が煌めいた。覚悟を決めた意志を感じられる瞳から溢れる涙が、頬を伝い落ちていく。

おそらく、ここで受け入れなくとも、ミカゲは口にしたとおりこれからも俺の〝配下〟として付き従うつもりだろう。

――しかし、だ。

『相棒、わかってるよな』

当然だろうが。

俺はキュネイに目を向ける。

キュネイは初めから全てを理解していたかのように微笑むと、ミカゲへの抱擁を解いてゆっくりとその背を押した。

まるで迷子の子供のような足取りで俺の側まで来たミカゲの両肩を掴む。彼女に苦痛を与えず、だが決して離さないように強く。

「俺はお前の望む『英雄』なんて大層な器じゃねぇかもしれない。お前に比べれば、今の俺なんか足元にも及ばないだろうさ」

「それは――」

「けどな」

否定をしようとしたミカゲを遮るように、言葉に力を込める。

「女にここまで言わせて、黙って引き下がれるほど男を辞めたつもりは……ない」

ミカゲは俺に英雄としての未来を想像した。今の俺は、到底彼女の理想に適ってるとは言い難い。

それでも、ミカゲが〝惚れた〟はずの漢《オレ》がここで及び腰になるなんて許されない。

――ここでヘタレてたら、漢が廃る。

心の中に熱が灯るのを感じた。

俺の言葉の意味を理解し始めたミカゲは、今度は不安げに表情を曇らせた。

「本当によろしいの……ですか？　こんな……武芸以外に何も知らない……女っ気のないような私を」

「元はと言えばお前が言い出したんだろ」

その前にキュネイが唆《そその》か――とは言い方は悪すぎるか。あくまでもキュネイは後押ししただけだしな。

「それを言ったら俺はどうするんだよ。地位も金もない、駆け出しの傭兵なんだぜ？」

「それは――」

俺は彼女の頬に手を添えて、口にしようとした言葉ごと唇を奪う。驚きに目を見開く彼女だったが、構わずに唇を塞いだ。

やがて、互いに体を離すと、俺の行動が唐突すぎたためかミカゲは呆然としていた。己の唇を指先で触れ、直前の感触を思い出し、ミカゲは徐々に何が起こったかを理解していく。

「お前は俺には勿体ないくらいに魅力的な女だよ。そんなお前が単なる〝カタナ〟になるなんて勿体なさすぎだ」

「ユキナ……さま……」

「どうせ捧げるなら、配下としての忠義だけじゃなく、お前の全てを捧げろ」

今度こそ、ミカゲの目からとめどもなく涙が溢れ出した。けれどもそれが決して悲しみからくるものでないのを、彼女の笑みが証明していた。

「はい……はい……っ」

ミカゲは身を投げ出すように俺の躯に飛び込んでくると、どちらともなく抱擁を交わす。

俺はもう一度、キュネイへと見る。

キュネイはやはり優しげな笑みをミカゲへと向けており、俺の視線に気がつくとゆっくりと頷いた。

本当に、俺には勿体ないくらいの女だ。

俺はキュネイにうなずき返すと、ミカゲと少しだけ躯を離すともう一度、彼女の唇を塞いだ。

「ユキナ様……我が忠義とともに私の全てを……お受け取りください」

――そして、ミカゲの願い通り、俺は彼女の捧げた全てを受け入れたのであった。

side braver 6（前編）

王都での訓練も大詰め。旅立ちの日が徐々に近づいてきていた。

〝仲間〟の方も、傭兵組合からはミカゲさんの代わりに一級冒険者の剣士を紹介された。

長年傭兵として活躍してきた大ベテランで、若い頃はそれこそ危険な依頼をいくつもこなしてきた腕利きだという。最近では後進の育成に向きを変えているようで、指導者としても申し分ない。アイナ様の考えていた要望にピタリとはまる。

気さくな人で、顔を合わせてすぐに打ち解けることができた。もっともそれは彼の経験があるからというのもあるだろうが、一緒に旅をするなら相性がいいことに越したことはない。

あと最低限必要なのは、魔法使いと回復要員。

そのうち、魔法使いには二人ほど候補が上がっていた。

一人は王族であるアイナ様。アイナ様が聖剣《レイヴァ》を手に入れるために同行したのは、王族の血筋が必要だったのもあるが彼女自身の実力を測るためだったのだ。

詳しく聞けば、アイナ様の魔法使いとしての才能は優れており、今はまだ未熟な部分はあれど将来的には偉大な魔法使いとして歴史に名を残すかもしれないとさえ言われている。

そしてもう一人は、王城に勤める魔法使い。若くして宮廷魔法使いの称号を得るほどの天才。こちらも、アイナ様と甲乙つけがたい魔法の才を秘めているとか。

彼女と初めて顔を合わせたときは驚いた。若いとは聞いていたがなんと僕と同世代の少女だった。

魔法使いとしての礼装か、大柄なローブにとんがり帽子といった出で立ちで、年相応の容姿だ。いや、アイナ様と比べるのは失礼だな、うん。女性の特定部位を比較するのは駄目だ。

「初めまして勇者様‼　よろしくお願いしますね！」

初対面のときには明るく元気の良い挨拶。近くにいるとこちらまで元気が出てくるような子だった。

僕も人のことは言えないがこんな少女が魔王討伐の旅に同行しても大丈夫かと心配するも、宮廷魔法使いとしてすでに幾度となく凶悪な厄獣《モンスター》討伐にも貢献しており、実戦経験も下手な傭兵よりもずっと豊富らしい。

どちらが旅についてくるかは正確には決まっていない。けれども、おそらくは宮廷魔法使いの方になると告げられていた。アイナ様はこの国の王族であるし、当然といえば当然だ。アイナ様はあくまでも万が一の場合の〝候補〟であった。

話を戻すが。残るは回復要員。

厳密に言えば、いれば心強い要員《ポジション》はほかにもまだあるのだが、魔王討伐の旅は想像を絶する困難が予想される。想定される危険の水準を考えて、実力的に考えると王都で揃えられるのは現状ではこれが限度。

ただ、回復要員の有無は仲間《パーティー》の生存率に直結するので絶対に必要。これだけは確実だった。

だが、その回復要員の確保が一番難航していた。

回復魔法の使い手というのは、その多くが勇者を信奉する『教会』に属している。当初はその中から適する人材がいると目論まれていた。

ところが、腕利きの回復魔法使いは軒並みに教会内部でも重要な地位にいる者ばかりであり、旅に出た後に人的穴埋めが簡単にできるような人たちではなかった。

その上、そのほとんどが争いごととは無縁の生活を送ってきており、とても魔王討伐の旅に出られるような能力は持ち合わせていなかった。仲間の回復が役割とはいえ、旅に同行する以上はそれなりの自衛能力が必要になってくるからだ。

一応、今現在でも教会内では魔王討伐の任に就く人員を模索しているというが、進展はあまりないらしい。

よって、回復要員は自分たちの手で探す必要が出てきていた。

条件は三つ。

回復魔法使いとしての能力があること。

それなりに自由に動ける身分であること。

ある程度の自衛能力があること。

『とても、この全てを満たすような人材が市井《しせい》にいるとは思えませんね』

この条件を聞いたときの、レイヴァが呆れたような声に僕は苦笑しながら内心では同意していた。

回復魔法というのは習得が難しく、才能を持った者が幼い頃から師の下で訓練を続けることでようやく形になっていく。才能があると判明した時点で教会に預けられるような場合がほとんどで、一般人が独学で学べるような簡単なものではなかった。

全ての要望を満たさなくとも、多少の妥協は必要かもしれない。

そんなある日。回復要員の確保に頭を悩ませていた僕らの下に、一つの情報が寄せられていた。住民を相手に医者を営んでいる腕利きの回復魔法使いがいるとか。情報の元は、その医者の存在が最近傭兵の間で噂が広がり始めたからだ。

現時点であてもなく、僕はその医者の下へと足を運んだ。もちろん僕一人ではない。以前はアイナ様が同行した人材確保の交渉だが、公務があるということで今回は宮廷魔法使いと同行することとなった。

「――で、ここが件の医者がいる診療所だね」

「はい、勇者様」

僕のつぶやきによく通る声で答えたのは、魔法使いの少女――マユリだ。

初対面のときと同じく、ゆったりローブととんがり帽子を身に付けた、スレンダーな体つきの女の子だ。格好こそまさに魔法使いだが、まさかこんな子が王都で有数の実力者とは誰も思わないだろう。

「会う約束《アポイント》もなくいきなりだけど迷惑じゃないかな」

「下調べをした限りでは、今の時間帯はこの診療所が最も空いている頃です。駄目でしたら日を改めましょう」

「そうだね。こちらが無理を言っている立場だし」

突然に勇者が来て『一緒に旅に出てください』ととんでもないことを頼むのだ。忙しそうであれば今日はとりあえず顔見せ程度で、後日に改めて話し合う形になればそれで良い。

それにしてもまさか、目的地がこの診療所だったとは。偶然にしてはできすぎているような気もする。

マユリと軽い打ち合わせをしてから、診療所の扉を叩いた。

程なくして扉越しに近づいてくる足音が聞こえてきた。僕は一歩その場から引くと、扉が開かれるのを待つ。

「はぁい、どちら様でしょうか？」

姿を現したのは、ゾッとするほど綺麗な女性だ。アイナ様もマユリも女性としてはもの凄く綺麗なのだが、そのどちらにもない大人の色香を放っている。何より、衣服の胸元を大きく押し上げる二つの山に、失礼とは思いつつもついつい目がいってしまいそうになる。

「………………なんという、戦力差《おっぱい》」

「……あの、マユリ。どうしたの？」

白衣の女性の姿を見るなり、マユリは力尽きたかのように膝をつくと四つん這いになって項垂れていた。

そしてよろよろと顔を上げ、白衣の女性を――その胸元を目にし、己の胸元に目を落とす。

再び顔を伏せるとさめざめと泣いた。

「すいません勇者様。私ではどうあっても勝てません」

「何が⁉」

「くそぅ、これがおっぱい格差とでもいうの⁉　神様は不公平だぁ‼」

地面を握り拳で叩きながら慟哭するマユリに、白衣の女性は困ったように苦笑していた。

side braver 6（後編）

「お見苦しいところをお見せしました……」

マユリは顔を真っ赤にして申し訳なさそうに縮こまる。当の診療所の主人――キュネイ先生は気にした素振りもなく、僕らにお茶を煎れてくれた。

「まさか、勇者様がこんな辺鄙《へんぴ》な町医者の診療所に、もう一度いらっしゃるなんて思ってもみませんでした」

「僕も、こんな形で再びお会いするとは――」

キュネイ先生の言葉に僕も同意する。

僕たちはこれが初対面ではない。以前に面識があった。

厄獣暴走《スタンピード》の際に、ユキナが大怪我を負い運び込まれたのが、この診療所。そして彼を治療したのが僕の目の前にいるキュネイ先生だ。

城の人からキュネイ先生の名を聞かされたときは本当に驚いた。最初は〝まさか〟と思ったが、診療所の前までくれば確信するしかなかった。

診療所前のあれこれからどうにか立ち直ったマユリは、恥ずかしさを誤魔化すように咳払いをしてからキュネイ先生に顔を向ける。

「この度は急な訪問、大変申し訳ありません」

「問題ありませんよ。この時間帯なら急患でない限りは割と暇なので」

マユリの下調べのとおりのようだ。これなら少しは落ち着いて話ができそうだ。

「それで、本日はどのようなご用件で？　診察が目的――というわけではなさそうですが」

「それはまたの機会に。勇者様との面識がおありでしたら、長い前置きはしなくて良いでしょう」

マユリはキュネイ先生に僕らの仲間集めの現状を伝えた。

旅の仲間として回復要員が必要であること。教会の者では色々と問題が出てくること。そして、白羽の矢がキュネイ先生に立ったことを。全てを包み隠さずに説明した。

「突然の申し出で大変驚かれるかもしれません。ですが、私たちの仲間になっていただけないでしょうか。もちろん、無理にとは申しませんが」

「……確かに、町には私以外の医者もいますし、私一人が抜けたところでさほど問題はないでしょう」

キュネイ先生は最初こそ驚いたものの、それ以降は冷静にマユリの言葉に耳を傾け、最後に合点がいったように頷いた。

「ですが、どこまでいっても私は町の医者。とてもではありませんが勇者様の旅のお仲間に相応しいほどの技量があるとは思えませんが」

謙遜するようなキュネイ先生の言葉だったが、僕の考えは違った。

「……ユキナをこの診療所に運び込んだ後、当時に彼の容体を診察していた兵に話を聞きました」

専門家ではないとはいえ、それでも戦時においては回復要員としての仕事を任されているのだ。ユキナがどれほど悲惨な状態であったのか、その兵は実際に目の当たりにしていた。

あの時の兵はユキナの症状を見て断言していた。

――ユキナは彼《かれ》はほぼ確実に助からないと。


たとえ宮廷魔法使いであろうとも、せいぜい一夜で死ぬ身を二夜に引き延ばすことができるかどうかだと。

「けれども、キュネイ先生は成功した」

その結果、ユキナは今も傭兵として活動している。以前とまったく変わりない状態にまで回復しているのだ。医者として、キュネイ先生の技量を疑う余地はない。

「あれは……様々な偶然が重なったための結果にすぎません」

「だとしても、あなたが優秀な医者であるのは疑いようがありません」

少なくとも、あの時の彼女には自暴自棄からくる悲壮感ではなく何が何でもユキナの命を繋ぎ止める決意があったのは、素人である僕にも感じられた。そして実際にそれをやってのけた。キュネイ先生は偶然と口にするが、その偶然を引き寄せたのは間違いなく彼女自身の技量に他ならない。

「お願いです。僕たちには今、一人でも多くの仲間が必要なんです」

「魔王討伐のために、力を貸していただけないでしょうか」

僕とマユリは、揃ってキュネイ先生に頭を下げた。

無理強いはできない。けれども、キュネイ先生が回復要員として僕たちの仲間に加わってくれたなら、これほど心強い話はないだろう。

「…………」

キュネイ先生はしばらく考え込むように黙り込む。

そして。

「申し訳ありませんが――辞退いたします」

彼女の口から告げられたのは、拒絶の言葉だった。

その声を聞いて、僕は失望を抱く。けれども、それと同時に妙な既視感を覚えた。

今のキュネイ先生の言葉には、確固たる意志が含まれていた。その言葉の強さを、僕は聞いたことがある。それもごく最近に。

思わず僕は口に手を添える。頭の中に生まれた引っ掛かりを、どうにか掘り起こそうと必死になっていた。何が僕をそこまで掻き立てるのか、わからないほどに。

「この任は大変名誉あるものです。それこそ、後世に名をつらねるほどの大業となりましょう。引き受けていただいた時点で、国から最大限の配慮もいただけるはずです。それこそ、この診療所をもっと大きくすることだって」

マユリは冷静に、勇者の仲間になることへの利点を述べる。実際に、仲間になってくれたベテラン傭兵もこれに近い話をされて仲間になることを引き受けてくれたのだ。

『残念ながら、人間は名誉だけでは動きません。仮に最初は快く引き受けたところで長続きはしませんよ。マユリの話は俗ではありますが、判断としては正しいですね……マスター、どうしたのですか？』

レイヴァの肯定が耳に入るも、半ば右から左へと通り抜けている。それよりも己の記憶を探るのに手一杯だった。

「おっしゃることはわかります。大変魅力的な提案であるとも。ですが、やはりお断りさせていただきます」

「……理由を、伺ってもよろしいでしょうか？」

現時点でこれ以上の説得は無理と判断したのか、マユリは諦めを混ぜた声を口にする。

キュネイ先生は己の胸に手を当て、そっと微笑んだ。

「私には、私の全てを受け入れてくれた愛する人がいます。彼の下を離れるなんて、とてもできません」

その笑みを見た瞬間、僕は思い出した。

――ミカゲさんの時と同じ顔だ。

その時、診療所の扉が開かれた。僕らは一斉に、開かれた戸へと視線を向けた。

「ただいま戻ったよっと――お？」

「ただいま帰りました……？」

入ってきたのは二人。どちらも、僕が知った顔だった。

片方は、銀の髪を揺らす狐獣人。二級傭兵であるミカゲさん。

そしてもう一方の〝彼〟は、僕の顔を見ると首を傾げた。

「なんでここにいるんだよ、レリクス」

「……ユキナ」

互いに意図せずの再会だった。

心底不思議そうな顔をするユキナとは対照的に、僕の胸の奥が小さく疼いた。

51 威圧感を感じるようですが――あと、状況説明

本日の労働を終え、居候先に帰ってみればなんと診療所にはレリクスがいた。

その隣には、いかにも『魔法使い！』と躯全体で表現しているような格好の少女。愛くるしい顔立ちの美少女ちゃんではあるのだが、残念なのは緩やかな服装をほんの僅かにも押し上げていない胸部の平原だ。

魔法使いちゃんは俺の顔を一瞥してから、続けて診療所に入ってきたミカゲに目を向けて、その胸元に視線が集中した。

魔法使いちゃんはペタペタと己の胸を触る。そしてもう一度、ミカゲの胸を見る。キュネイに負けず劣らず見事なまでの豊満な双丘を目にして――椅子から崩れ落ちた。

「おっぱいが……憎い」

（((怖っ！)))

可愛い少女の口から発せられたとは到底思えない地獄の底から搾り出したような呻きに、言葉を向けられたミカゲだけじゃなく診療所にいた全員が恐怖を覚えた。

『…………………』

ふと、背負っているグラムから妙な雰囲気を感じた。念話《チャンネル》でも喋っていないのだが、その無言の中に威圧感に近いものを覚える。

そんな中で、俺の目がレリクスの腰に下げられている『聖剣』に目が止まる。

——そういえば、こいつが『聖剣』の納められた神殿に向かってから、まともに顔を合わせていなかった。

最後に会ったのは、俺がコボルトキングとの戦いで重傷を負い、キュネイの診療所に運ばれたきり。その時でさえ会話らしい会話はなかった。

なので、『聖剣』を間近で見たのはこれが初めてだった。

所有者の邪魔にならず、それでいて一流の職人が手掛けたと素人でもわかるような、美麗な装飾が施された鞘。そして、刃は見えなくとも柄だけで〝神々しさ〟を感じさせるようなその様相。

まさしく『聖剣』と呼ぶに違わぬ代物だ。

『…………………………』

ただどうしてだろうか。

その『聖剣』から、ただならぬ気配が漂ってくる——ような気がする。それこそ、俺の背中《グラム》から発せられる妙な威圧感に似ているように思えた。

まるで、無言で睨みつけられているような気分になった。

——それからレリクスは俺に軽く挨拶をすると、

『……お話はわかりました。このお話はなかったことに致します。お邪魔しました』

と、キュネイに告げて早々に帰ってしまった。

もちろん魔法使いちゃんも一緒だ。別れ際は非常に礼儀正しく笑みを浮かべていたのだが、キュネイとミカゲの揺れる胸元に目を向ける瞬間だけは、親の仇でも見るようなエグい顔になっていたのが印象的だった。

「で、なぜにレリクスが。あいつ怪我でもしたのか？」

「……ユキナ君は気にしなくても良いわ」

「――まさかキュネイさん」

要領を得ない俺だったが、隣のミカゲは何かに気がついたのかハッと息を飲んだ。

けれども、ミカゲが何かを言う前に、キュネイは悪戯っぽく笑い、ウインクをしながら己の口元に人差し指を立てた。ミカゲは少し考えた素振りを見せてから首を小さく縦に振った。

「え、なにさ。なんか通じ合ってるっぽいけど」

「ふふふ、女の秘密ってやつよ」

結局、キュネイとミカゲにはぐらかされたままその日は終わってしまった。

改めてここしばらくについての話をしよう。

まず、ミカゲについてだ。

ミカゲの想いを受け止めたあの夜から、彼女は俺と同じでキュネイの診療所に居候することとなった。そのため、朝の出発から夜の帰宅まで常にミカゲと行動するようになった。

おかげで、俺とミカゲの仲が〝ただならぬ関係〟であるのは隠しようがなく、傭兵組合の中で以前にも増して注目を集めるようになってしまった。

それに伴い、俺とミカゲが同じ居候先であり、その家主がキュネイということもあって、男の傭兵から殺意と嫉妬の眼を向けられることが多くなった。

ともあれ、この辺りはある種の有名税として甘んじて受け入れるしかない。色々な意味で素晴らしすぎる美女二人と恋仲になれたのだから、この程度で済んで良しとしておく。

後、俺と深い関係になるということは、当然キュネイとも強い関わり合いになるということ。

あの夜に、キュネイは己が『淫魔《サキュバス》』であることをミカゲに打ち明けた。実際に〝角〟を彼女の眼の前に露わにもした。

ミカゲは最初こそ驚いたものの、それ以降はこちらが驚くほどあっさりとキュネイの本性を受け入れた。

当人《ミカゲ》曰く。

『さすがはユキナ様！　人ならざるものさえも我が物にするその器の大きさ！　このミカゲ、感服いたしました！』

と、全力で肯定してきた。その順応の早さに俺も感服したよ。とりあえず、余計な問題が起こらなくてホッとした次第。

キュネイとミカゲ、二人の関係も良好だ。元々、キュネイから言い出したことであるし、こちらはそれほど心配はしていなかった。

夜の生活については——あえて語るまい。強いて言えば、ミカゲがキュネイから英才教育を受けてなんだか凄まじいことになりそうな予感——とだけは言っておこう。

「そんな二人を相手に、正面からしっかりと受け止めちまうあたり、相棒が本当に末恐ろしいですよ、俺は」

俺も成長してるということだ、グラムよ。

さて、後は傭兵活動についてだな。

こちらはこれといって特筆するようなことはない。前述にあるとおり、周囲からの視線を集めている以外は問題なく、ミカゲとともに傭兵として依頼をこなす日々だ。

変化したのは、俺の内面。

ミカゲの想いを受け止めた以上は、今のままでは駄目だ。『英雄』云々はともかくとして、彼女が『主《あるじ》』と仰ぐのならばそれに見合った男にならなければならない。というか、恋人よりも弱い男とか恥ずかしい。

「相棒は自分《てめえ》自身に見栄を張るためには、本気になるよな」

基本的に、やりたくないことに対しては全力拒否の姿勢を取るが、逆を言うと自分に正直に生きるためには全力を尽くす男なのだ、俺は。俺が自身を〝格好悪い〟と思っているならば、それを覆すために本気になるのは当然のことだ。

まずは当初のとおり『三級傭兵』を目指す。ただ、最終的な目標はミカゲと同等の『二級傭兵』だ。

「一級傭兵は目指さないのか？」

「槍を本格的に扱い始めてまだ一年も経ってねぇのに、さすがに無茶がすぎるだろ」

一対一であればコボルトキングを余裕で倒せるミカゲが二級止まりなのだ。聞けば、一級傭兵の実力は国の将軍とかそんな猛者中の猛者レベルの超人だとか。

『グラム』という相棒を手に入れたとはいえ、俺は単なる村人出身。一級傭兵など、レリクスのように類い稀なる才能を有した者でなければ到達できない領域だ。それこそ、人生の全てを『傭兵』という職に捧げなければ到底辿り着けないだろう。

二級でさえ、傭兵の中ではほんの一握りの実力者しか至れないのだ。目標としては十分すぎるほどだ。

そんなわけで、新たな目標を得た俺はさらなる躍進のために頑張るのであった。

番外編 side other

――その男はどこで道を間違えたのだろうか……。

「オヤジ、もっと酒を持ってこい！」

男は、空になった一杯《グラス》を叩き付けるようにカウンターへと置いた。かなりの音がしたが、グラスもカウンターもそういった客を想定して作られており、頑丈であった。

空の杯を引っ込めた店主が、溜息交じりに言う。

「そろそろ、溜まったツケを払っていただきたいもんだが」

「うるせぇ！　良いから持ってこい！　そんなチンケなツケくらい、大物を狩れば一発で払ってやる！」

「はいはい、わかりましたよ。けど、今日はこの一杯で終いだからな」

少し厳しめな視線を向けつつも、店主が新たに酒を注ぐ。男の体格は店主よりも一回り以上も大きかったが、その手の客の相手は手慣れたもののようだ。

些かも怯む様子もない彼の対応に男は舌打ちをしつつも、酒の注がれた杯を乱雑に掴んで中身を傾けた。

彼の名前はタムロ。三級傭兵だ。

実力的には中堅どころであったが、少し前には立て続けに大物の厄獣《モンスター》を仕留めており、勢いに乗っていた傭兵であった。

だがその大波も、今は凪にも等しくなっていた。一時は依頼の達成金で潤っていた懐も、今は酒場で借金《ツケ》を溜め込むほどに寂しくなっていた。

「あの女、俺を袖にしやがって」

酒精《アルコール》もかなり回っており、タムロの顔は真っ赤。酔いでぼやける思考に浮かび上がったのは、一人の女性の顔だった。

勢いに乗っていた頃のタムロは、懐の潤い具合もあってかなり豪遊を重ねていた。もちろん〝三級にしては〟という注釈は付くが、同階級の傭兵に比べればかなり羽振りの良い生活を送っていた。

そんな中で、タムロはこの王都一番の娼婦の話を耳にした。相手をしてもらえれば、まるで天にも昇るような素晴らしい一夜を過ごせるともっぱらの噂であった。

相応に破格の値段を求められたが、幸いにもそれを支払う能力が当時のタムロにはあった。

さらに勢いの波に乗るべく、彼は噂の娼婦の元を訪れた。

タムロはすでにこの王都で何人もの娼婦を抱いてきたが、王都一番と称される評判は伊達ではなかった。

視界に入れるだけで男を魅了する体躯と美貌。耳にするだけで脳髄を蕩かすような声。これまで目にしてきたどの女性とも一線を画する色気を放っていた。

しかし、その娼婦からの返事はつれないものであった。王都で一番と呼ばれる娼婦は相応のプライドも持ち合わせていたのだ。

それからしばらくの間、タムロは足繁く娼婦の下を訪れた。だが、どれほどの金を積もうが言い寄ろうが、娼婦は気乗りがしなかった。

いくら王都で評判の娼婦とはいえ、しょせんは金で躯を売るような女。対して、自分は命を懸けて金を稼ぐ傭兵。最近は勢いに乗っていたこともあるためか、タムロの中で徐々に娼婦への憤りが募っていた。

そしてとうとう、あの日が訪れる。

いよいよ我慢ができなくなったタムロは、昼間に娼婦の下を訪れた。事情はよく分からないが、娼婦は、昼は医者の真似事をしており、診療所を営んでいた。

根無し草の自分に比べて娼婦が良い暮らしをしているように感じられ、その事実がタムロは妙に気に入らなかった。苛立ちも限界に差し掛かっており、タムロは強引に娼婦に迫った。すげなく扱い診療所の中に戻ろうとした彼女の腕を掴み、強引に外に引っ張り出そうとした。

次の瞬間に、側頭部に強い衝撃を受けタムロの記憶はそこで途絶えた。

——意識を取り戻したとき、タムロは身包みを剥がされた上に、裸で民家の軒先に逆さ吊りをされていた。

「ああくそ、畜生がっ！」

これまでの人生で一位二位を争うほどの屈辱の記憶が頭の中に呼び覚まされ、タムロは手近にあった何かしらを蹴飛ばした。

店主に半ば追い出されるように酒場を出たタムロ。酔いは回りきっており足下も覚束ない。それでも腹の奥で怒りがグツグツと煮えたぎっていた。

「あらぁ、タムロじゃないのぉ。最近ご無沙汰ねぇ」

「ああん？」

不意に掛けられた声の方を向けば、見覚えのある女性がそこにいた。扇情的な衣装に身を包んだその女性は、何度か夜を共にした娼婦だった。

「随分と機嫌が悪そうだけど、どうかしたのかしら？」

「ウルセェ！　俺の機嫌がどうのこうのと、テメェには関係ねぇだろ！」

「そうよねぇ。あなたと私はもう関係ないものねぇ。まぁ、私としても昼間から素っ裸で逆さ吊りにされるような男とは、関係を持ちたくないわぁ。お財布も最近は寒いそうだしね」

「――――ッ!?」

娼婦の嘲笑混じりの台詞に、タムロは歯が砕けんばかりの形相を浮かべた。見るからに憤怒に彩られた表情に、娼婦はわざとらしく慌てた。

「おぉぉっと、怖い怖い。じゃぁね。お金が貯まったらまた相手をしてあげるわぁ」

クスクスと忍び笑いを残して娼婦は夜の路地裏へと消えていった。一瞬だけその後を追おうとしたタムロであったが、ふと周囲の視線に気が付く。

内実はともかく、傍目から見れば痴情の縺《もつ》れに見えるだろう。好奇の視線を集めていることに気が付き、タムロは舌打ちをするだけに留めて再び歩き出す。

あの日、軒先に逆さ吊りされたタムロは、状況を聞きつけた王都の警邏《けいら》によって救出された。だが、それまでの間に付近を通りかかった人々の目に晒されており、一部では笑い話の種となっていた。

それだけでも業腹ものだというのに、この話には続きがあった。

というのも、翌日のことだ。

大恥をかいたことでタムロの怒りは頂点に達していた。だが、大恥の元――自分を逆さ吊りにしたのが誰かは一切不明。そのために怒りの向けどころがわからず、こんな精神状況では依頼を受ける気にもなれない。

結局、王都を当てもなくぶらぶらと歩くことしかできなかった。

そんな中で見てしまったのだ。

自分が執心している娼婦と、腕を組んでいる男の後ろ姿を。しかも、今時に流行らない〝槍〟を背負っている。

狙っていた女を横取りされた。自然とそう考えたタムロは、二人の後を追う。

追いついたとき、自分がどんなことをするのか。タムロにもよく分かっていなかった。だが、確実にこの煮えたぎる怒りをぶつけるだろうという確信はあった。

そして二人が路地裏へと入り込んだところで、距離を詰めようと駆けだし、曲がり角に差し掛かり――気が付けば、タムロはまたもや身包みを剥がされ、建物の軒先に吊されていた。

あの悪夢のような二日間以降、それまでは楽にこなせていたような依頼を立て続けに失敗。乗りに乗っていたタムロの勢いは見る影もなく衰えていった。

それからしばらくの間は、仕事をする気にもなれず酒場に入り浸る日々。だが依頼を受けなければ収入もなく、やがては貯蓄も尽きる。

波に乗っていた頃の実績もあり、しばらくの間は借金《ツケ》で酒を飲むことができた。だが、やがてそれも無理になり、借金《ツケ》を払うまでは馴染みの酒場は出禁を食らうようになってしまった。

傭兵は常に身を危険にさらす仕事であり、出先で命を落とす者も少なくはない。それだけに、信用払いというのはなかなかに難しい。信用があるときはまだ何かと金に融通が利くが、それが失われたときには手の平を返したように金回りを厳しくされる。相手も稼ぎがなければ生活できず、当然の対応であった。

気乗りはしなかったが日銭を稼ぐため、タムロはしばらくぶりに組合へと赴いた。

だが、組合に入ってから、嫌な視線を集めているのをタムロは感じていた。それに伴い「逆さ吊り」という言葉を含んだ陰口も耳に届く。

「くそっ……」

悪態を吐きつつも、タムロは依頼を探す。

組合への足が遠のいていたのは、仕事の調子だけが原因ではなかった。逆さ吊りの件は既に組合内にまで広まっていたからだ。

腕っ節が自慢の傭兵が、不意打ちを食らって逆さ吊りにされた、なんて大恥も良いところ。しかもそれが、最近勢いづいていた傭兵というのだからなおさらだ。おそらく、他の傭兵は調子に乗りすぎてヘマをやらかしたと思っていることだろう。

それは確かに事実ではあったのだが、それを素直に受け入れられるほどタムロは冷静沈着な性格ではなかった。むしろ、すぐ激情するタイプだ。

それでも、組合内での暴力沙汰が御法度なのは彼も理解していた。だからこそ、陰口を叩かれ苛立ちが募っていながらも、黙って依頼を探していく。

少しして、ちょうど良さそうな依頼を見つけたタムロは、すぐさま受付に向かい手続きを行う。一秒でもこんな場所にいたくはないと足早に出口へと向かった。

だが、不意にその足が止まった。

「いやぁ、あの〝キュネイ〟が娼婦を辞めてたとはなぁ。超ショックだわ。生きてるのが辛いわぁ。明日から何を目標に生きていけば良いのかわからねぇわぁ」

「分かる。あの見事な二山の真の姿を、もう二度と拝むチャンスがないってのは、切ないねぇ」

「あの人と一夜を共にするのが夢だったんだぜ、俺」

「俺も、あの山を登頂するのが目標だったんだ」

とある傭兵二人の会話がタムロの耳に飛び込んできたのだ。

「あれだな、今日は飲むか」

「そうしよそうしよ。壮大な登山計画が挫折したことを酒の肴にしようじゃないか」

「悪い、俺は尻派」

「よし、酒と拳で語り合おうか」

「笑顔で拳固めるの止めてくんないっ⁉」

などとわいわい騒ぎながら、二人の傭兵は組合を出て行った。そんな彼らの去って行く姿をタムロは呆然と見送っていた。

「…………あの女が…………辞めただと？」

——それは、タムロにとっては青天の霹靂《へきれき》にも等しい事実であった。

タムロはそれまでずっと避け続けていた〝診療所〟へと赴いた。場所は以前にも来たことがあるのでわかっている。ただ、ああいうことがあったのでこれまで足が遠のいていたのだ。

もうそろそろ診療所が見えてくる頃だというのに、タムロは己がどうするつもりなのかよくわかっていなかった。

娼婦《おんな》の顔を一目見れば済むのか。あるいは本当に彼女が娼婦を辞めたのか問いただしたいのか。

なんにせよ。まずは着いてからだ。

そう考えて診療所が見える位置まで近づくが、そこで彼は予想だにしなかった光景を目の当たりにすることとなった。

「じゃ、行ってくる」

「気をつけてね」

「おう、今日も頑張って稼いでくらぁ」

診療所の扉から出てきたのは、タムロが執心していた娼婦と――男だ。

咄嗟に物陰に隠れてしまったタムロは、見つからないようにそっと診療所の前を覗き込む。

「あ、ちょっと待ってユキナ君」

「忘れ物したか？」

「ええ、大事な忘れ物」

娼婦はそう言って男を引き寄せると、唇を重ねた。

ただ単に触れ合うだけの口付けだ。

「……朝にも散々吸っただろ」

「これは行ってらっしゃいのキスよ。お仕事、頑張ってね」

「これでやる気が出てきちゃうんだから、男って単純な生き物だよなぁ」

――そうして、男は診療所を後にした。

場に残されたのは娼婦のみ。今なら誰にも邪魔されずに彼女に会える。なのに、タムロは娼婦が診療所の扉を閉めるまで、物陰から出ることができなかった。

「どうなってやがるんだ」

意味がわからない、とばかりにタムロは呟いた。

診療所の主は娼婦であり、男を連れ込んで一夜を明かした。そう思えば何ら不自然ではない。

しかし、娼婦と男は、傍目から見ても一夜限りの関係とは思えないほど仲睦まじい様子であった。

自分の知らない間に、あの娼婦に何があったのか。遠ざかっていた間にどう変化したのか。タムロには想像もできなかった。

だが――。

「…………ふざけやがって」

混乱を押し退けるよう〝怒り〟が再びこみ上げ渦巻き始めた。

自分が狙ってたはずの娼婦《おんな》を横からかっ攫われた。実際の経緯は別であろうとも、タムロの頭の中にあったのはその事実だけであった。

番外編 side hero

「アレだな。もう新婚生活みたいなやりとりだよね、君たち」

「藪から棒だな」

傭兵組合の建物内。普段通りの喧騒に包まれながら、壁際で俺はグラムと言葉を交わしていた。

ミカゲはいない。今日は別件の用があり、まだ朝日が上る前に診療所を出ていた。後で合流という形にはしているが、一応無理に付き合う必要はないとも伝えてあった。

まだ早い時間ということもあり、依頼の掲示板前は人でごった返している。少しでも条件の良さそうな仕事の依頼書を手に入れようとしている傭兵たちだ。

俺はそんな人混みに揉まれるのが嫌で、いつもある程度人の数が減ってから依頼を探すようにしている。

割の良い依頼はすぐに〝品切れ〟になると思いがちだが、実は落ち着いて依頼書を確認すれば案外残っていたりするものだ。

特に俺の場合、背中に抜群の助言者《アドバイザー》を背負っている。おかげで、大外れの依頼を受けたことはあまりない。

たまに『これも教育だ』とかいって、もの凄く面倒な依頼でも黙って受けさせることとかあったけどな。

この槍、最初の頃に比べてたまにスパルタを要求してくるから困る。いや、こいつの場合は俺にとって必要だと判断しているからであって、実際にその時の経験は役立つことが多いので文句も言えない。

それはともかく。

「もうね。相棒とキュネイのやり取りがね。新婚ほやほやみたいなのよ。爆発しろって言ってやりたいくらいにね」

「普通に言ってるからな。つか、なんで〝爆発〟なんだろうな。誰が最初に言い出したんだろう」

「それは俺もよくわからん」

掲示板前の人垣が空くまでの時間潰し。周囲の喧騒があるため、グラムが実際に声を出しても誰も気にとめない。

「そういえば相棒」

「まだなんかあるのか」

「んにゃ、別件。まぁ、ある意味では朝のいちゃいちゃと関係してるかもだけどよ――」

と、グラムの話に耳を傾けている最中、ふとこちらに近づいてくる人影を見つけた。

ミカゲ――ではなかった。彼女よりも遥かにむさ苦しく暑苦しそうで可愛げの欠片もない、体格の良い男だ。

はて、どこかで見たことがあるような、ないような――。

記憶を探るまもなく、男は目の前までくると鼻息荒く俺を睨み付ける。見るからにご機嫌斜め……どころか、もう直角向いているというくらいにお怒りの様子。

近頃は対人関係でトラブルを招くようなことはしていないはず。強いて言えば先日の四級昇格試験だが、アレにしたって誰かに恨みを買うような真似はしなかったはずだが。

『しばらく前に、キュネイに言い寄ってた奴だよ。相棒が二日連続で逆さ吊りにした奴だぜ……覚えていてやれよ』

念話《チャンネル》でのグラムが頭の中に囁きかけ、ようやく記憶が蘇った。

キュネイと初デートすることになった切っ掛けを作った男だ。ある意味、あの一件があったからこそキュネイと深い関係になれた。

ただ、あれからの日々が色々と濃すぎる出来事が多かったので、目の前の男の顔なんぞ完全に忘却の彼方だった。

『ちなみに、俺がさっき言いかけたの、この男な。診療所の入り口でキュネイとイチャイチャしてるところ、物陰から見られてたぜ』

……もっと早く教えてくれ。

男は怒りの形相でじっとこちらを睨み付けてくる。

ずっと睨めっこしたまま、というのも勘弁して欲しい。俺は仕方がなしに語りかけた。

「その……何のご用で？」

「────ッ」

無難に問いかけたはずなのに、何かが癪に障ったのか男は怒りそのままに眉間に皺を寄せる。

そんな中、ようやく目の前の男が口を開いた。

「てめぇ……今日、あの女の家から出てきた男だよなぁ」

「……………どの女さ？」

男の言う女が誰を指しているのか。わかりきってはいたのだが、反射的に問い返してしまった。

やべぇと思ったのも後の祭り。男は〝ギリッ〟と歯軋りが聞こえてきそうなほど顔を顰めると、大声で言い放った。

「あの女っつったら、キュネイに決まってんだろ！　俺を舐めてんのか！」

至近距離からの大声だったので、男から飛んでくる唾から顔を背ける。

『もう、何を言っても火に油を注いでるような感じだなぁ』

(このクソ槍が……)

完全に他人事のグラムにちょっとイラッとする。

そうこうしている間にも、男の怒り度数《ボルテージ》がさらにアップしていく。顔色など、もはや真っ赤を通り越してどす黒くなり始めそうだ。

「おい、あの女とどういう関係だ⁉」

「どういう関係ってそりゃ」

「ああっ！　答えられねぇってのか！」

グラムへのちょっとした苛立ちが切っ掛けとなったのか。一方的に怒声を浴びせてくるこの男に対して、俺も多少なりとも腹が立ってきた。

「聞いてんのかこの――」

「さっきから顔が近ぇんだよ」

俺と男の体格差は、一見すれば歴然だ。明らかに男の方が一回り近くは大きい。けれども、俺が〝トンッ〟と軽く押してやるだけで、男の躯が二歩三歩と離れた。

まさか自分が押し退けられるとは思っていなかったのか。後ずさりをする男の顔には驚きが浮かんでいた。

「俺とキュネイの関係？　いいさ、知りたけりゃ教えてやるよ」

男を睨み付け、俺は宣言するように言った。

「俺とキュネイは恋人同士だ。どこの誰かはまったく知らんが、少なくともお前に入り込む余地は一片たりともねぇよ」

最初の数秒は呆けたように無言。だが、俺の言い放った台詞の意味が頭の中へと浸透していったのか。再び男の顔が憤怒に彩られ始めた。

「この……テメェみてぇなガキが、あの女とだと？」

「嘘だと思うなら本人《キュネイ》に確認してくりゃぁ良いだろう。……いや、お前みたいな野郎に会わせたくねぇなあんまり」

「――ッ!!」

俺の物言いに我慢の限界が来たのか、傭兵組合の建物内であるにもかかわらず、男はいよいよ拳を振り上げた。

「…………何をしているのですか」

そこに割って入ってきたのはミカゲだった。忽然と姿を現したかのような登場の仕方だった。急に現れたミカゲに驚き、男の振り上げた拳が止まった。

「お前は……銀閃っ」

「私のことは知っていましたか」

「二級傭兵様には関係ねぇ話だ！　悪いがすっこんでもらおうか！　今は俺とこいつの——」

「いかなる理由があろうとも」

怒鳴り声を発しようとした男の言葉を、ミカゲが毅然とした態度で被せた。

「傭兵同士、組合内での暴力沙汰はいかなる理由があろうとも御法度です。あなたも知らないはずはないでしょう」

これは組合で傭兵として登録をする際に必ず伝えられる事項だ。ミカゲの言うとおり、たとえどれほどの恨み辛みがあろうとも、組合内で傭兵間の争い事は禁じられているのだ。これを破ると、罰則が科せられる。

「ミカゲ、用事は終わったのか？」

「滞りなく。それで、これはなんの騒ぎなのですか？」

「俺にもよくわからん」

結局のところ、男が俺に絡んできた理由はハッキリとしない。もっとも、これまでの話の流れからして、ほとんどわかりきっているようなものだが。

「――――ッ、どけ銀閃！　そこの男は俺の狙ってた女を横取りしやがったんだ！」

「横取りってお前……」

言うに事欠いてそれかよ。いや、男の視点からでは正しいのかもしれないが。

ミカゲにも、これがキュネイに絡んだ話だということがわかったのだろう。俺と同じ感想を抱いていたのか、呆れ果てたような表情を浮かべる。

「それとなく状況は理解できました。……あまり、理解したくはありませんでしたが」

「なっ」

「残念ですが、あなたとユキナ様では〝格〟が違います。もっと器を磨いて出直してきなさい。もっとも、いくら磨いたところでこの方と同じ土俵に立てるかは疑問ですが」

言うだけ言うともはや男への興味が失せたのか、ミカゲはこちらを振り向く。

「行きましょうユキナ様。そろそろ掲示板の前も空いてくる頃で――――」

言葉の最中、俺の意識はミカゲではなくその背後にいる男に向いていた。

なるほど、いくら二級の傭兵が相手とは言え、突然乱入された上に好き放題言われれば黙ってはいられないか。

男は、一度は下げた拳を再度振り上げ、今度はミカゲに向けて振るおうとしていた。

おそらく、ミカゲならばこの程度、見もせずに避けられるだろう。

だが、その考えに至る前に俺の躯は動いていた。

――ガッ！

「テメェっ⁉」

「――ッ、ユキナ様⁉」

男の驚愕とミカゲの悲鳴じみた声が重なった。

振り下ろされた男の拳は、ミカゲに届くよりも先に前に出た俺の顔に打ち込まれた。

それなりに腕っ節のある傭兵なのだろう。拳のめり込んだ頬はやはり、それなりに痛くはあった。

それなりには、だが。

男の体格は俺よりも大きいが、それでも俺を吹き飛ばすには至らない。痛くはあったが、同時に軽いとさえ思えた。


だが――ミカゲに手を出そうとした。

それだけで、俺の怒りに火を付けるには十分すぎた。

「…………そっちが先に手を出したんだからな。歯ぁ食いしばれよ」

全力で拳を固める。手加減などしてやるものか。

ここまで積み重なってきた苛立ちごと、纏めて叩き返してやる。

眼光で俺の怒りが伝わったのか。男が息を呑み、俺の顔を殴った拳を引く。しかし、僅かにでも怯んだということが許せなかったのか、男は更なる怒りを燃やす。

「ッ、ユキナ様いけま――」

「やめんかぁぁっっっ‼」

ミカゲの制止を上書きし、俺の拳を止めたのは、建物全体に響き渡るほどの大声だった。

常に騒がしいはずの組合が、その瞬間に静寂に包まれた。それほどまでの声量だった。

大声の出元に目を向ければ、腕を組み険しい表情を浮かべた男――カランの姿があった。

「部下から報告を聞いて、念のために来てみれば……まったく」

最初の怒声に比べれば遙かに落ち着いた口調。だが、こちらの一挙動すら見逃さない鋭い目つきと、重圧を思わせる声。付近の傭兵たちはカランに道を譲るように退いていく。

「邪魔すんじゃねぇ！」

男は噛み付くようにカランに言う。

「そうもいかなくてな。組合の建物内での暴力沙汰を見過ごせるほど、私も職務怠慢ではないからな」

興奮のあまりに血走る目を向けられても、カランは気にする様子もなく続ける。

「血気盛んなのは傭兵としては良いことだろうが、かといって血の気が多すぎるのも考えものだ。元傭兵の身としては、理解できなくもないがな」

カランは俺と男を見てから、ミカゲに視線を向けた。

「銀閃。本来ならお前がいながら何故止めなかった。こういうときこそ、二級傭兵が規範になってもらわなければ困る」

「……言い訳のしようがありませんね。止め時を見誤りました。すみません」

謝罪を口にするミカゲだったが、それには俺が納得しなかった。

「おい、ミカゲは――」

「いいのです、ユキナ様」

今度は俺がカランにくってかかりそうになったが、ミカゲがそっと俺の躯に手を添えた。

「彼《カラン》の言うことはもっとも。それに、形はどうあれ、主《あるじ》への狼藉を未然に防げなかったどころか、守るべき主に庇われる始末。弁解の余地はありません」

「……わかったよ」

ミカゲにここまで言わせては、俺も素直に引き下がるしかない。下手に食い下がれば、彼女の顔に泥を塗ることになるだろうし、カランへの心証も悪くなる。

俺の様子を見て、カランが顎に手を当てた。

「どうやら、場の弾みで――という訳ではないようだな。良いだろう、この場は私が一旦預かる。双方、思うところはあるだろうがここは引いてもらうぞ」

「ああ。それで問題ない」

「……ちっ」

俺はとりあえずカランの言うことに頷く。男の方は舌打ち混じりで不満を隠そうともしない。

けれども、それ以上は何もないことから不承不承ではあるが受け入れたのだろう。

あのままでは人目に付きすぎるということで、俺たちは（ミカゲも含めて）カランの部屋に呼び出された。

「まぁ座りたまえ。立ったままというのも落ち着かないだろう」

俺はカランに促されるままに備え付けの長いソファーに座る。ミカゲは俺のすぐ隣だ。

「…………」

「タムロだったか……君も座りたまえ」

男は最初、俺の顔を見て心底嫌そうな顔をしたが、カランの圧に耐えきれず、同じソファーの俺から一番離れた位置に座った。

己以外の全員が腰を下ろしたのを確認してから、カランは俺たちから見て対面のソファーに座った。

「では、事情を聞かせてもらおうかな」

決まり切った口上であろうが、それを受けた俺は素直に口を開いた。

「俺が組合の壁際で時間を潰してたら、そこにいる男に一方的に絡まれた」

男——カランの言葉が正しければタムロという名前だったか——を指さしながら俺は言った。

タムロは俺の物言いが癪に障ったようだが「けっ」と悪態とも取れぬ声を発するだけで口を挟んでこなかった。

横やりが入ってこないとわかった俺は、自身の言い分を若干早口気味に述べた。

「でもって、さすがに近すぎるだろうってちょいと押してやったら逆ギレして殴られそうになった。そこにミカゲが割って入ってきたら、今度はミカゲを殴ろうとしやがった。だからミカゲを庇って俺が殴られた。以上」

「なっ、おい！」

おそらくタムロにしてみれば一方的に悪役にされたふうに聞こえていただろう、事実は事実だ。

タムロはいきり立つが、カランの手前だ。震えながらも席に座るだけに留まる。

それでも殺気混じりの視線を向けてくるが、俺も逆に奴を睨み返す。

絡まれたことに関しての事情をあえて口にしなかったのは、この件にキュネイを巻き込みたくなかったからだ。結果として、タムロの絡んできた情けない理由が伏せられた。そのことに関して感謝して欲しいくらいだ。

「……どうやら、このまま単純に処罰をしたところで、双方の腹が収まらないのは目に見えているな」

俺たちのメンチの切り合いに、カランがやれやれと首を左右に振った。それから少し考え事をするように腕を組んでから、妙案が思いついたような表情を浮かべた。

「どうだろう。ここは一つ、傭兵らしいやり方で白黒ハッキリ付けるというのは」

カランの出した〝傭兵らしいやり方〟とやらに、俺は首を傾げたのであった。


王都近隣の村から一つの依頼が出された。

最近になって山に住み着いた厄獣《モンスター》を討伐して欲しいと言うものだ。

討伐対象は『暴れ鶏《ベイジチキン》』。

外観は鶏を大きくしたような鳥形の厄獣《モンスター》。ただ、畜産されている一般の鶏よりも一回り以上は大きい上に、比べものにならないほどの凶暴性を秘めている。基本的には草食だが雑食性もあり、時には人を襲うこともある。

こんな危ない厄獣《モンスター》が村の付近に出没するとなれば、住民もたまったものではない。山を下りて田畑を食い荒らしているようだが、下手をすると人間まで食い荒らされかねず、安心して外を出歩くこともできない。

その件の山の麓に連れてこられた俺たちは、カランの説明を聞いていた。

「君たち二人には、この山に住み着いた暴れ鶏《ペイジチキン》の駆除をしてもらい、その駆除数で勝敗を決してもらう」

〝傭兵らしいやり方〟とはつまるところ、依頼の結果で勝敗を決するというものだった。

この勝負の如何で具体的に得られるものはない。強いて言えば〝どちらが勝者でどちらが敗者か〟というのをハッキリするだけだ。

別に俺が負けたところでキュネイがタムロのものになるわけでもないし、タムロが負けたところで奴が何かを失うこともない。

ただ、これで白黒がハッキリ付く。

相手に勝ったという事実が、気に入らない相手に負けたという事実が、今後はお互いの間に付きまとう。

『プライド云々の話とか、相棒にゃとんと関係ねぇ話だと思ってたが』

グラムの言うとおり、俺だけの話で留まるならよほどのことがない限り、こんな勝負には乗らなかった。だが、ここできっちりとカタを付けておけば、タムロが今後キュネイに付きまとうようなことはなくなるはずだ。

もっとも、この勝負に負けてしまえば、俺はタムロに対して今後の発言に負い目を感じてしまうのだが、そこは全力で勝ちを取りに行くしかない。

俺は再びカランの話に耳を傾けた。

「基本的には数で競ってもらうが、君たちは傭兵だ。その辺を考慮した上で妥当な判断をし、行動してくれ」

この場にいるのは俺、ミカゲ、タムロ、カラン。二日前と同じ面子に、今日はもう一人加わっている。

「なお、両名にはそれぞれ監視役が同行してもらう」

「……どうもです」

一歩前に出たのは、眼鏡をした組合の女性職員だった。

「公平を期するため、ユキナ君には彼女――モニスを付ける。そしてタムロには銀閃が監視役を担当してもらう」

「ちょっと待ってくれ」

カランの説明に、タムロが口を挟んだ。

「なにかな？」

「そこの銀閃が、最近そこの槍野郎のおっかけをしてるって話を聞いた。この勝負の監視役になるってのは、どうにも気に入らねぇ。俺の方にも組合から出した監視役を付けろ」

タムロは二日前、間近で俺とミカゲのやり取りを見ている。この勝負に対して、何かと余計な手出しをしてこないかを危惧しているのだろう。

カランはそれを首を横に振って否定した。

「残念だが、この勝負に適した人員であり、直近で手配できたのが彼女だけなのでな。それに、銀閃は他人の勝負事に余計な手出しをするような女性ではない。そうだろ？」

目を向けられたミカゲは、心外だとばかりに険しい顔になる。

「この私が、敬愛たる主の顔に泥を塗るような真似をするとでも思っているのですか？　気乗りはしませんが、監視としての役割は全ういたします」

「とのことだ。もし銀閃の同行がいやというのならば、申し訳ないがこの勝負は君の不戦敗ということになってしまうが」

「……わかったよ、くそがっ」

理解も納得もしたくはないが、それでも仕方がなしにといった風にタムロは頷いた。

文句はあれどこれ以上口出しはないとみて、カランが先を続ける。

「では、双方ともこれ以上言うことがないのであれば、勝負を始めてもらおう。双方の健闘を祈る」

こうして、俺とタムロによる傭兵らしい勝負が始まった。

番外編 side other

――勝負が始まって、早一時間が経過した。

「あらよっと！」

――ザンッ。

ユキナが振るった黒槍の刃が、迫り来る巨大な鳥型厄獣《モンスター》――暴れ鶏《ベイジチキン》の首筋を切り裂いた。厄獣《モンスター》は地面に落ちると僅かに身じろぎするが、やがては完全に力を失って動かなくなった。

「これで四羽めっと」

穂先に付着した厄獣《モンスター》の血糊を振り払い、黒槍を鞘に収めるユキナ。その様子を、少し離れた場所で見る監視員《モニス》。手元にあるメモに何やら書き記してから、ユキナに近づく。

「記録によれば、あなたが暴れ鶏《ベイジチキン》の討伐依頼を受けたことはないはずです。それにしては手慣れた様子ですね」

ユキナはこの山に入ってから四羽の暴れ鶏《ベイジチキン》と遭遇し、そのどれもが急所への一撃で終わっている。極力、身に傷を付けずに最良の状態で仕留めていた。

「まぁ、あれだな」

ユキナは暴れ鶏《ベイジチキン》の足に紐をくくりつけ、手近な樹木に逆さ吊りにする。低い位置になった首筋の傷口からダラダラと血が流れ出していく。こうして〝血抜き〟をしておくと、肉に臭みが残りにくくなり調理がしやすくなるのだ。

「食卓に並ぶ感じの厄獣《モンスター》に関しちゃ、傭兵になる前からよく狩ってたからな。種類は違えど、やることは大して変わらないさ」

暴れ鶏《ベイジチキン》は間違いなく害獣の一種ではあるのだが、それとはまた別にして食材としての価値もそれなりにある。

通常の鶏に比べて一回り以上も大きい体躯であることから、相応に取れる肉の量も多い。加えて、食べているものの違いからか、鶏に比べて非常に濃厚な味わいを持っている。このことから、食材として一定の需要を持っている。

「そういえば、あなたは小物狩り《ビッグラット》で実績を積んで四級に昇格したんでしたね」

「あーうん。まぁそうなる」

微妙に棘のあるモニスの言い回しに、ユキナは否定もせずに曖昧に頷きながら苦笑した。

(こちらの嫌みに対して否定はせず。一般の傭兵に比べれば温厚な性格のようですね。それに、獲物を仕留めた後での処理も問題ありません)

モニスはその旨をメモに手早く書き記していった。

ユキナとタムロは知らないことだろうが、この勝負は単純に厄獣《モンスター》を仕留めた数だけが勝敗の決め所ではない。的確に厄獣《モンスター》を仕留められるか、仕留めた後の処理が適切かどうか。それらを総合的に判断される。このことは、監視役であるミカゲとモニスには伝わっていた。

傭兵らしい勝負というのはつまり、こうした細やかな部分への気配りも含まれているのだ。

ユキナは誰に指摘されるまでもなく、それを当然のように行っていた。これはモニスの中では高評価に値していた。

（コボルトキングを仕留めた……という話は些か眉唾物でありますが、少なくとも四級に足る実力は有しているということですね）

勝負の監視員を命じられてから、モニスは限られた時間内ではあったがユキナのことを調べていた。

今時流行らない槍を好んで使用していること。大物を狙わずに、ひたすら小物ばかりを狙い目に稼いでいたこと。

驚くことに、昇格試験の際には、興奮状態の捩角牛《ホーンブル》を正面から撃退したとのこと。五級にはかなり荷が重い相手だ。なるほど、ある程度は将来有望なのかもしれない。

（とはいえ、です）

上司からの命令に従うのは当然のこと。自分が選ばれたというのは、手が空いていたというのもあるが、傭兵の足手まといにならない程度にはフィールドワークに慣れている点が大きかった。

だがそれでもモニスは疑問に思っていた。

傭兵同士の諍いに際し、その落とし所として組合が間に入り、勝負を取り仕切ることはある。そして、その勝負に組合の職員が駆り出されるということもままある話だ。

傭兵の暴力沙汰が御法度なのは、組合の建物に被害が及ぶことへの危惧もそうだが、なにより も有能な傭兵が潰し合わないための予防策でもあった。

特に、三級とそれ以上の階級は、組合にとっては主力要員。それらが個人的な争いで大怪我をし、万が一にも引退ともなれば、組合は大きな人的損害を被ることになる。

（タムロは確かに三級であり、一時はかなりの大物を仕留めた腕利きでしょう。ですが、彼《ユキナ》は四級に上がったばかり。四級が絡んだ問題に、組合が介入したなんて話、聞いたことがありません）

本来であるならば、組合の規定通りにユキナとタムロに何らかの形で処罰を下して終わる話だ。

だがモニスの上司であるカランは、あえて〝勝負〟という形を取った。

モニスにはそれがどうしても腑に落ちなかった。

――一方その頃、タムロはといえば。

「おらぁっ！」

力任せに振るわれた剣が、暴れ鶏《ペイジチキン》の胴体を斬り付けた。そのままの勢いで厄獣《モンスター》の躯は地面に叩き付けられ、幾分か痙攣した後に事切れた。

「これで三羽目か。ちっ、まだ全然足りねぇな畜生！」

タムロは悪態を吐きながら仕留めたばかりの暴れ鶏《ペイジチキン》を蹴り飛ばした。

それを離れた位置で見ていたミカゲは、タムロの対応に軽蔑を抱いていた。

一時は波に乗っていた傭兵だけあり、タムロの戦闘力はなかなかのものだ。ミカゲの見立てでは、三級の中でもそれなりのものと言えよう。

しかし、傭兵というのは何も戦う能力だけが全てではない。

（この男はカランの言っていたことを少しも理解できていないようですね）

この勝負《いらい》で討伐された暴れ鶏《ペイジチキン》の亡骸は、後ほど派遣される組合の職員によって回収される手筈となっている。

これは食用に限った話ではないが、厄獣《モンスター》の亡骸というのは市場に出回ればその入手方法故の危険度も加わって、結構な値で取引される。

それらの卸値は傭兵組合を運営する上での大事な資金源であり、その一部は当然ながら傭兵への報酬に充てられる。

そして当然、取引される厄獣《モンスター》の状態が良ければ良いほど、その卸価格は高くなり、傭兵へと支払われる報酬も相応に高くなる。

この勝負には当然、それらのことも含まれていた。

（力任せの攻撃に加えて、死体への不必要な攻撃。残念ながら市場に出回ったとしても最低価格で取引されるでしょうね）

無論、ミカゲはこのことをタムロに伝える気はない。それは傭兵として当然の心構えであり、あえて口にすることでもない。何よりもカランに口止めをされているのだ。

そしておそらくではあるが、ユキナはこのことを知っているだろう。いや、勝負に関わるという考えはなくとも、普段の依頼の通りに亡骸をなるべく傷付けないように厄獣《モンスター》を仕留めているだろう。

（加えて、ユキナ様は厄獣《モンスター》を見つけるのが、不思議と抜群に上手い。数の上でも質の上でも、

よほどのことがない限り、この勝負で負けることはないでしょう）

もちろん、それらの内心をタムロに伝えるようなことはしない。ただただ公平に、タムロの行動を観察するだけだ。

「……こうもちまちま稼ぐのは、どうにも性《しょう》に合わねぇな」

ぼそりとタムロが呟いた。

ミカゲの見た限り、タムロは大物を仕留めることを良しとする傭兵だ。彼のような傭兵はさほど珍しいものではない。

今の発言も、そう言った気質から出てきたのだろうが。

（いけませんね。以前の私も似たようなところがありました。この男を好きに言えるような立場でもありませんか）

ミカゲは一度、己の能力を過信したうえ状況を見誤り、危機に瀕したことがある。どれほど実力差があろうとも相手は厄獣《モンスター》であり、ほんの少しの油断が命取りになる。今のミカゲはそれが身に染みて分かっていた。

だからだろう。

己を戒める記憶が呼び覚まされたおかげか、ミカゲは周りの雰囲気が変化していることに気が付いた。

先程までに比べて、肌にヒリつくような感覚。それはタムロの後を追い、山の奥へと進むにつれて強くなっていった。

この感覚は、厄獣暴走《スタンピード》の時のそれに近い。もちろん、あれほどに深刻なものではなさそうだが、だとしても注意が必要に思えた。

だが、これは依頼であると同時にユキナとタムロの勝負でもある。監視役として同行している己が口を出して良いのか。

それに、タムロが己の言葉を素直に聞き入れるとも考えにくい。山に入る直前の会話からしても、タムロはミカゲがユキナに肩入れすると思っている。何を言ったところで、ユキナを贔屓するための発言だと捉える可能性が大きかった。

（……仕方がありません、もしもの際には私がフォローするしかないでしょう）

ミカゲは警戒心を強め、いつでも抜刀できるように鞘に手を添えながら、どんどん奥へと進んでいくタムロの後を追った。

――やがて二人は、開けた空間に出た。

そこには、これまで遭遇した数の比ではない暴れ鶏《ペイジチキン》が、至るところにいた。

「よっしゃぁ！　これでこの勝負はもらったな！」

討伐数を稼ぐチャンスとばかりに意気込むタムロ。確かにそのとおりではあるのだろうが、ミカゲの表情は険しかった。

タムロは一足先に奥へと進んでいた。外敵《タムロ》の存在に反応した暴れ鶏《ペイジチキン》たちが、それを排除しようと殺到する。

剣を振るう様は荒々しく、お世辞にも洗練されているとは言い難い。それでもやはり三級傭兵だけあり、多勢を相手にする戦い方も心得ているようだ。常に移動を繰り返し、囲まれぬように位置取りを意識し、的確に暴れ鶏《ペイジチキン》を仕留めていく。亡骸の状態を考慮しない点だけが頂けないが、それを除けばこれまでの彼の言動が単なる自意識過剰でないのが窺えた。

だが、ミカゲはタムロの戦いぶりよりも、暴れ鶏《ペイジチキン》たちのいる場所の中央部に向けられていた。最初は暴れ鶏《ペイジチキン》の陰に埋もれてよく見えなかったが、タムロが注意を引きつけたおかげで配置がまばらになったのだ。

そこにあったのは、端的に言えば〝鳥の巣〟だ。

ただし、木の上に住み着く鳥のそれとはサイズがまるで違う。人間が数人寝転がってもまだ余裕があるほどの大きさだ。さらに、鳥の卵が何個かあるのだが、やはり巣のサイズ相応の大きさを持っていた。

「あれは……暴れ鶏《ペイジチキン》の巣。とすれば――マズい！」

これほどの数の暴れ鶏《ペイジチキン》が一カ所に集まっている時点で気が付くべきだった。

「戻りなさいタムロ！　これは一旦勝負を中止すべきです‼」

「はぁ⁉　これだけの獲物を前にして何馬鹿なことを言ってやがる！　やっぱりてめぇ、俺の邪魔をするのが目的だろう‼」

「違います！　ここに〝巣〟があるということは――」

ミカゲがその先を続ける前に、タムロの足下が唐突に暗くなる。否、巨大な影が覆ったのだ。

「――ッ、避けなさい！」

ミカゲの声で、己の頭上に出現したものに気が付いたのか。タムロは咄嗟にその場から転がるように飛び退く。それから僅かに遅れて、タムロがいた場所へと土砂を巻き上げながら〝それ〟が着地した。

——クキャァァァァァァァッッッ‼

己の存在を表すかのような奇声が辺り一面に響き渡る。それは——人間を遥かに超える体躯を持った、巨大な鶏であった。

「なんだぁ……こいつも暴れ鶏《ベイジチキン》なのか？」

突如として出現した巨体に、タムロが呆然と呟く。

が、動揺したのも一瞬だった。

「どうやら、俺にもようやくツキが戻ってきたようだな！」

タムロは不敵に笑うと、改めて巨大な暴れ鶏《ベイジチキン》に剣を向けた。そもそも、小物をちまちまと狩るような仕事は向いていなかったのだ。それがここに来て、自分の好む獲物が現れたのだ。嫌でもやる気が出るというもの。

しかし、意気込むタムロとは対照的に、ミカゲは強い焦燥に駆られていた。

「引きなさい！　そいつは産卵期を迎えた暴れ鶏《ベイジチキン》の雌個体！　並の暴れ鶏《ベイジチキン》とは別物です！」

「つまりは、大物ってことだろ！　願ったり叶ったりじゃねぇか！　こいつを狩りゃぁ勝負は俺の勝ちできまりだ！」

完全に高揚しきっており、タムロはまるで耳を貸さない。おそらく、タムロの中では、目の前の巨大な厄獣《モンスター》が少しばかり特別な暴れ鶏《ペイジチキン》程度の認識なのだろう。実際に、厄獣《モンスター》の中には同種の中でも少しばかり形状が異なる個体が存在しており、採取できる素材は希少価値が高い。それらと遭遇できることは傭兵にとっては幸運とも言えた。

だが、それも時と場合による。

「うるぁぁぁぁぁっっ！」

気合いを乗せながらタムロは剣を振るう。欲に目が眩んでいないとは言い切れなかったが、それでも油断はなかった。傭兵としてこれまで培ってきた、獲物を仕留めるための剣筋。

しかし、巨大な暴れ鶏《ペイジチキン》が振るった翼の一撃で、その剣ごとタムロの躯は吹き飛ばされた。

しばしの滞空の後、地面に叩き付けられ転がるタムロ。

どうやらまだ意識を手放していないようだ。痛みに顔を歪め、顔を上げながら途切れ途切れの声を発するタムロ。

「くそ……なに……が？」

三級傭兵として活動してきただけあり、相応の肉体を持っているようだ。おそらく、咄嗟ではあるが防御の姿勢を取り、なおかつ受け身も取ったのだろう。

だが、状態としては剣を支えにして立ち上がるのがやっと。すぐさまに剣を構えて戦うのは難しいだろう。

「ちっ、手間の掛かる――ッ」

ミカゲはタムロの浅慮に舌打ちをしつつも、カタナを鞘から引き抜き駆けだした。

彼女としては別にタムロが死んだところでさほど苦を感じない。死に目に立ち会えば、多少思うところはあるだろうがその程度だ。

かといって、どれほど気に入らない相手であろうとも、今のミカゲはタムロの監視役であり、それと同時に万が一の際のフォローロー役でもあるのだ。もしこのままタムロを見殺しにすれば、ひいては自身の主であるユキナにまで非が及ぶ。少なくともミカゲの中ではそう結論づけられていた。

しかし、タムロが先行しすぎており、彼とミカゲの間には多くの暴れ鶏《ペイジチキン》がいた。一羽一羽はミカゲにとって苦もない相手だが、それでも少しばかり時間を要するだろう。

そうこうしているうちに、巨大な暴れ鶏《ペイジチキン》は再びタムロを翼で打ち付けた。今度は辛うじて避けるが、暴れ鶏《ペイジチキン》は興奮気味に鳴き声を発しながら、その名のとおり暴れるようにして翼を振り乱す。付近に通常サイズの暴れ鶏《ペイジチキン》がいようともお構いなしだ。盛大に他の暴れ鶏《ペイジチキン》を巻き込みながら、タムロに向けて翼を叩き付けようとする。

「なん……なんだよっ……この化け物は⁉」

ようやくここに来て、タムロは目の前の巨大な厄獣《モンスター》が、単に暴れ鶏《ペイジチキン》を大きくしただけではないと理解した。その獰猛さは、暴れ鶏《ペイジチキン》のそれとは比べものにならない。

しかし、それに気が付くにはあまりにも遅かった。

最初の一撃で体力を大きく削られた上に、途切れることのない翼の攻撃。巨大暴れ鶏《ペイジチキン》の異様な暴れ具合にも気圧され、ついにはタムロの限界が訪れた。

――ガッ。

巨大暴れ鶏《ペイジチキン》の攻撃に巻き込まれ、動かなくなった通常の暴れ鶏《ペイジチキン》。その一羽にタムロの足が引っかかる。

「しまっ」

目の前の厄獣《モンスター》にばかり気を取られ、足下が疎かになっていた。バランスを崩すタムロへ、巨大な翼が襲いかかる。

咄嗟に剣を構え防御姿勢を取れたのはさすがと言える。だが、元々の質量差が違いすぎる。最初の時と同じように、タムロの躯が宙を舞った。

この時、タムロの意識が一時的に途絶えた。

番外編

side hero

ミカゲたちが暴れ鶏《ベイジチキン》の巣に辿り着く少し前。

「これで十羽目っと」

宣言通りの数を仕留め、処理を終えてから俺は一度辺りを見渡した。

『どうした相棒』

「……なんか、覚えのある雰囲気だ」

周囲に目立った異変は見当たらない。具体的に言葉で言い表すのも難しい。けれども、俺にはどうにも空気がヒリついているように感じられた。

『お、いいねぇ。さすがは相棒。そろそろ俺の方から言い出そうと思ってたとこだ』

グラムから意外な反応が返ってきた。

と、いうことは。

『お察しのとおりだ。相棒は一度、似たような空気を味わってる。もっとも、以前に比べれば規模は遥かに小さいがね。そいつを察知できたってことは、相棒も成長したってこった』

つまり、俺の違和感は正しく正解であり、この付近には何かしらの異変が起こっているということか。

「……どうしましたか？　急に呆然と立ち尽くして」

勝負の判定者で監視員であるモニスが声を掛けてきた。実際にはグラムと念話《チャンネル》で会話をしていたのだが、他者にグラムの声が聞こえない以上、俺が単に棒立ちしているように見えるのだろう。

「なんか、あんまりよろしくない気配がする」

「……よろしくない、とは？」

具体的にモニスに問われて、俺が顎に手を当てて考える。グラムの言葉から推測するに、規模は違えど俺は似たような状況に一度陥っていることになる。

「あ、厄獣暴走《スタンピード》か」

ポンッと、頭の中にキーワードが浮かび、俺は思わず口にしていた。あの時ほどの危機感はなかったが、看過できるほどでもなかった。

ふとモニスの方を見ると、彼女はこちらを見定めるような鋭い目を向けてきていた。

「えっと、なに？　もしかして俺の勘違い？」

「いえ……よくお気づきになられたと思いまして」

モニスは、俺が仕留めたばかりの暴れ鶏《ベイジチキン》に近づき、側にしゃがみ込む。

「暴れ鶏《ベイジチキン》の幼体がどのような形をしているか知っていますか？」

「いや、そこまではさすがに。鶏だから、やっぱり鶏の子《ヒヨコ》なんじゃねえの？」

俺の出した安直な答えに、モニスは首を横に振った。

「家畜の鶏と厄獣《モンスター》である暴れ鶏《ベイジチキン》では、形状こそ近しいですがその繁殖に関しては決定的な差異があります」

「具体的には？」

「卵生という点では繁殖方法は同じですが、その幼体は羽化した時点ですでに暴れ鶏《ベイジチキン》とほぼ同じ形状をしています」

「マジで？」

生まれたときから鶏っていうことか。

けど、どうしてモニスが今、その話をするのか。

「……そして、あなたが山に入ってから仕留めた暴れ鶏《ベイジチキン》の半数は、まだ成体に至っていない個体でした」

「そうなのか。全然知らんかった」

依頼のために暴れ鶏《ベイジチキン》に関する情報を集めたが、そこまでは深く調べてはいなかった。

「無理もありません。本格的に暴れ鶏《ベイジチキン》の討伐を受注できるのは三級からです。それに、今回の依頼に限れば、単に通常の暴れ鶏《ベイジチキン》の対処方法を調べれば事足りましたし。……とはいえ、本題はここからです」

振り返ったモニスは、それまでよりも些か真剣な目つきをしていた。

「成体の中に混じって、これだけの数の幼体がいるということは、それを産む〝親〟が存在するということです」

「話の流れ的に、暴れ鶏《ベイジチキン》の親がヤバそうだな」

「そのとおりです。問題なのは産卵期の雌個体です」

――暴れ鶏《ペイジチキン》は普通の鶏に比べてかなり大きい。小型犬と大型犬ほどの差がある。そして、暴れ鶏《ペイジチキン》の成体と幼体の体格は多少といえる程度。つまり卵も相応に大きくなる。

それだけの大きな卵を産むために、産卵期を迎えた雌個体は、通常の暴れ鶏《ペイジチキン》に比べて体格が飛躍的に大きくなるのだ。また種族保全としての本能から、凶暴性がさらに増す。その危険性から、討伐に必要なのは三級傭兵でも最上位の実力。下手をすれば二級にまで匹敵する。

説明を終えたモニスは一息を付いた。

「とはいえ、産卵期の雌個体の巨大化も、それに伴う幼体の増加も通常の自然現象です。あなたが遭遇したという厄獣暴走《スタンピード》ほどの危機的状況ではありません」

厄獣《モンスター》相手に普通というのも変だが、今の状況は厄獣《モンスター》の繁殖時期の一環ということなのだろう。厄獣暴走《あのとき》ほど数の暴力が押し寄せてくることはないようだ。

「一度、撤退した方がよくねぇか」

「冷静な判断をありがとうございます。私もそう進言しようと考えていました……」

そこまで言って、モニスは思案するような顔になり顎に手を当てる。

「どうした？」

「あ……いえ。ちょっと気になることがあったのですが、とりあえず今は山から下りましょう」

「つってもタムロの方はどうするよ」

「あちらには銀閃様が付いています。我々よりは心配ないでしょう」

「だといいがね」

ミカゲだけならどうとでも切り抜けられそうだが、問題はやはりタムロだろう。

『あのあんちゃん、物語だと功を焦って真っ先にやられるタイプとみたね』

グラムの例えに俺は内心で頷いた。ちまちま稼ぐのなんか性に合わねぇとか言って、ついつい身の丈に余る大物に手を出して——って感じにな。

…………もの凄く不安になってきたよ、俺は。

『やめろよなー。相棒のその勘って、大体の場合』

——クキャァァァァァァッッ‼

突如として辺り一面に怪音が響き渡った。

『ほらぁ、相棒が妙なことを考えるから』

俺のせいなのか⁉　俺が悪いのか⁉

「——ッ。お、おそらく今のは暴れ鶏《ベイジチキン》の鳴き声ですね。ここまで響く声量ともなると、やはり産卵期を迎えた個体がいるようです」

それまでの冷静な様子が少し崩れ、モニスの言葉が早口になる。逸る動悸を抑えようと胸に手を当てている。

「大丈夫か？」

「は、はい。申し訳ありません。厄獣《モンスター》のいる地域でのフィールドワークはある程度慣れているつもりでしたが……」

いくら慣れてるとはいっても、主な業務は組合内での事務だ。大物が出てくれれば流石に動揺もするだろう。

それはそうとして、だ。

『わかってるよ。ミカゲのことが心配なんだろ？』

実際のところどうだ。ミカゲたちがその産卵期の暴れ鶏《ベイジチキン》と遭遇した可能性は？

『この距離からじゃさすがに難しいぜ。けど可能性としちゃぁかなり高い。産卵期の暴れ鶏《ベイジチキン》にとって、今この山にいる最も害ある存在は相棒たちだからな』

――となると、放っておくわけにもいかねぇか。

俺はモニスの肩を叩く。

「あんたは先に山から下りて、カランのおっさんに状況を説明してくれ」

「わ、分かりました。……え、あなたは？」

「俺はちょいと野暮用だ」

俺は黒槍を担ぎ、鳴き声が聞こえてきた方向へと走り出した。背後からモニスの叫ぶ声が聞こえて来るが、もはやそちらに気を回している余裕はなかった。

しばらく山の中を駆けていると、もう一度奇声が響き渡った。先程よりも大分近い。

やがて、グラムが頭の中に大声で語りかけてきた。

『近ぇぞ相棒！　案の定、やりあってらぁ！』

「ミカゲは無事か⁉」

『そっちは問題ねぇ！　けど、あのあんちゃんがやべぇことになってる！』

木々の間から、目的の場所が見えてきた。

最初に目に飛び込んできたのは、巨大な暴れ鶏《ペイジチキン》だ。予想していた大きさよりもさらに一回り以上は大きい。

そして、地面に倒れているタムロ。剣は手元から離れており、ピクリとも動かない。

巨大暴れ鶏《ペイジチキン》は鼓膜に突き刺さるような甲高い鳴き声を発すると、タムロに向けて突撃する。

「――ッ、グラム‼」

『合点承知！』

俺の意図をくみ取ったグラムが、威勢の良い声を返す。

「行って――こぉぉぉいっっっ‼」

俺は走った勢いをそのまま踏み切りにし、逆手に持った黒槍《グラム》を勢いよく投げ放った。

一直線に宙を走る黒槍は、タムロに襲いかかる寸前だった巨大暴れ鶏《ペイジチキン》の首筋に突き刺さった。

厄獣《モンスター》の悲鳴が木霊《こだま》する。突然の痛みと衝撃でバランスを崩した巨体が、タムロの真横を滑るように倒れ込む。

「魔刃よ、来い！」

召喚《コール》で即座に黒槍を手元に戻し、俺はタムロと巨大暴れ鶏《ペイジチキン》の間に割って入った。

「タムロは⁉」

『骨が何本か折れ《イッ》てるが死んでねぇ！』

そいつは重畳《ちょうじょう》。まだ命があるのならば、こうして急いで駆けつけた甲斐があるというものだ。

『相棒。まだデカブツはピンピンしてるぜ』

かなりの勢いで黒槍の穂先が突き刺さったはずなのに、巨大暴れ鶏《ベイジチキン》は何事もなかったかのように起き上がった。図体がデカいだけあって、急所までは刃が届いていなかった。体格相応に頑丈ということか。

「て……てめぇは……」

背後から呻くような声。そちらにチラリと視線を向ければ、苦痛に顔を歪めたタムロが身動ぎをしていた。意識を取り戻したようだ。

「よぅ、とりあえず生きてるようで何よりだ」

「くそが……何しに来やがった」

「命の恩人に対して、随分な言い草だなおい」

この期に及んで悪態じみた台詞を吐くタムロに、逆に感心すらしてしまいそうになる。

「なんで……テメェが俺を助ける。俺とテメェは敵同士だろうが！」

「……そりゃぁ、組合での一件はアレだったたし、お前を助ける義理はねぇだろうがさ」

キュネイに付きまとうことは許さねぇし、殴られた痛みを忘れるつもりはない。

ただそれでも、思うのだ。

「ここで死なれちゃ、仕返しもへったくれもねぇからな」

「────ッ⁉」

タムロは信じられないものを見るような表情を浮かべた。

目の前で誰かが死にそうになってたら、とりあえず助ける。そいつがむかつく奴であれば、助けた後で改めてぶっ飛ばす。

「まぁ、苦情なら後で受け付けるさ。今は黙って助けられてな」

タムロにそう言ってから、俺は意識を改めて巨大暴れ鶏《ベイジチキン》に向けた。

『怒り心頭って感じだな』

目を血走らせながら明確な殺意を俺に向けてきている。

そりゃぁ、視界の外から不意打ちを噛まされりゃぁ誰だってキレるさ。

……あれ？　何だか似たようなことを前にもやった記憶がある。何時《いつ》のことだっただろうか。

『ぼさっとしてる暇はねぇぞ相棒！　来るぜ‼』

グラムの警告の直後、巨大暴れ鶏《ベイジチキン》は翼をはためかせると、高く空へと舞い上がった。

「……鶏って飛べたっけ？」

『飛ぶってぇよりも跳ねた感じだ！　つか、避けねぇと死ぬぞ阿呆‼』

俺の率直な疑問に対し、グラムがキレ気味に叫ぶ。ハッと気が付けば、跳躍した暴れ鶏《ベイジチキン》は俺のちょうど真上に届いていた。

そして——。

「だぁぁぁぁっっっ⁉」

俺が転がるようにしてその場から待避すると、その直後に厄獣《モンスター》の巨体が宙から地面へと勢いよく落下した。暴れ鶏《ペイジチキン》の両足に踏み砕かれ、地面が大きく陥没する。

「び、びっくりした――って、タムロは⁉」

『衝撃で軽く吹っ飛んだが、その程度だ！　問題ねぇ！』

ならば良し。せっかく助けたと思ったのに、これで死なれちゃ寝覚めが悪すぎる。

『って、安心するのはまだ早すぎるっての！』

さらなるグラムの怒声が響いた直後、舞い上がった土埃を割るように暴れ鶏《ペイジチキン》が突っ込んできた。

その鋭い嘴《くちばし》を大きく開くと、俺をかみ砕かんとする。

「おおぉぅっ‼?」

妙な声を発しながら、咄嗟に槍を嘴の間に挟んで防ぐ。しかし、質量差はいかんともし難く、俺は地面に押さえつけられてしまった。

「ぬぎぎぎぎ――っ」

巨大な嘴が目前に迫る中、全力で腕を突っ張り耐える。嘴が槍を砕こうと上下するのを至近距離で見せられるのは、なかなかな迫力があった。

『うぎゃぁあっ！　ばっちぃなおい！』

グラムも悲鳴を上げるが、幸いにも黒槍が折れる様子はまったくない。さすがは英雄の武器である。

だが、暴れ鶏《ペイジチキン》が上から体重を掛けてきており、身動きが取れない。この状況で重量増加《エンチャント》を使ったところで、俺の腕に掛かる負荷が増すだけで意味が無い。

「破ッ‼」

裂帛が木霊するのに僅かに遅れて、暴れ鶏《ペイジチキン》が叫ぶ。

「いい加減に……退きやがれ‼」

こちらを押さえつける力が弱くなり、その隙を見て俺は暴れ鶏《ペイジチキン》の顔を蹴り飛ばした。堪らず後ろへと後ずさりする厄獣《モンスター》。俺は急いで体勢を立て直すと一旦暴れ鶏《ペイジチキン》からの距離を取った。

離れたところで暴れ鶏《ペイジチキン》の姿を見れば、首筋から血が流れていた。

「ユキナ様、お待たせしました」

声とともにに、隣に現れたのはミカゲだ。暴れ鶏《ペイジチキン》の力が緩んだのは、ミカゲの攻撃によるものだ。

彼女は俺が雌個体の注意を引きつけている間、周囲の暴れ鶏《ペイジチキン》をひたすら狩り続けていたのだ。特に何かしらの指示を出したわけでもないのに、こちらの意図を汲んだミカゲはさすがとしか言いようがない。

周囲を見れば、雌個体《デカブツ》以外に動く暴れ鶏《ペイジチキン》はいなくなっていた。これで大物を相手に集中できる。

「助かったぜミカゲ」

「主の危機に馳せ参じるのは配下の務めなれば。それに、本来ならば今の一撃で仕留めるつもりでした。申し訳ありません」

悔しげな表情で歯がみをするミカゲ。もしかしたら、俺を助けることで頭が一杯で僅かに手元が狂ったのかもしれない。

俺はあえてそこには触れずに得物を構える。ミカゲも気持ちを切り替えたようで、カタナを構え直す。

暴れ鶏《ベイジチキン》は荒々しげに後ろ足で地面を蹴りつけている。負傷などまるで気にとめる様子はなく、それ以上の怒りがこちらにも伝わってくるようだ。

『完全にブチギレ状態だな。ああなった暴れ鶏《ベイジチキン》は面倒だぜ。生半可な攻撃じゃもう止まらねぇぞ』

ということは、急所に一撃を入れるのが最も効果的か。

『そりゃそうなんだが、いくらミカゲでも大暴れする暴れ鶏《ベイジチキン》の急所を狙うのは難しいだろうぜ。なんとかして動きを止められりゃいいんだが……』

そうなると、グラムが先に行ったように生半可な攻撃では止まらないという問題が発生する。

——あ。

「ミカゲ。俺がどうにかして奴の動きをもう一度止めるから、急所への一発はお前に任せた」

「なにを——いえ、承知しました！」

おそらく、グラムと似たような結論にミカゲも至っていたのだろう。僅かに驚いた表情を浮かべるものの、俺に考えがあると汲んで頷いた。

痺れを切らした暴れ鶏《ベイジチキン》がこちらへ突進してくる。嘴で俺たちを串刺しにするような前傾姿勢でだ。

幸いにも、俺がちょうど待ち望んでいた形だ。

「一発勝負だ！　ヘマするなよ！」

ミカゲに叫んでから、俺は彼女よりも前に踏みだし、暴れ鶏《ペイジチキン》に対して真正面から向かい合う。

言葉にせずとも、俺の考えはグラムに伝わったようだ。頭の中に盛大な笑い声が響いた。

『はっはっは！　馬鹿がいる！　ここに最高に愛すべき馬鹿がいるぜ！』

褒めてんのか貶《けな》してんのかどっちだよ！

『もちろん、最大級の褒め言葉だよ！』

俺は黒槍を背中の鞘に戻し、両腕を前へと構える。

暴れ鶏《ペイジチキン》との距離が急激に縮まっていく中、発せられる圧力たるやいつかのコボルトキングにも勝るとも劣らない。

だが、あの時ほどは脅威に感じないのは俺も成長したからか。緊張感はあれど焦燥感はないという不思議な感覚を味わいながら、その時を待つ。

そして、あと僅かで接触するという時。

「『今ッ‼』」

奇しくも、俺とグラムの声が重なった。俺の胴体を貫く寸前だった暴れ鶏《ペイジチキン》の嘴を身を翻して回避。

俺はすれ違いざまに暴れ鶏《ペイジチキン》の首を両腕で抱えるようにして掴んだ。

「重量増加《エンチャント》、全開‼」

『相棒、きばれよぉぉぉっっ‼』

同時に、背負った黒槍の重量を、支えられる限界ギリギリまで増やす。それでもすぐには暴れ鶏《ペイジチキン》の突進の衝撃は殺しきれず、靴底が地面に深い跡を残しながらも十メートル近くは後方へと引きずられる。

だが、やがて暴れ鶏《ペイジチキン》の突進が止まる。暴れ鶏《ペイジチキン》は身をよじって俺の拘束から逃れようと躯を捩るが、俺の腕力と黒槍の超重量のせいですぐには動けない。

「ミカゲェエエエエエッッッ‼」

俺は腹の底から仲間の名を叫んだ。一秒でも長く厄獣《モンスター》の動きを止めようと力を振り絞り、その首を締め上げる。

ふと、そこで日光が遮られた。見上げれば、鞘に収めたカタナを握るミカゲが高らかに空を舞っていた。

そして。

空から降下した銀の閃光《ミカゲ》が、暴れ鶏《ペイジチキン》の首を見事に断ち切った。

刃の姿は俺の目に映っておらず、その煌めきをかすかに捉えただけであった。

「うわっぷっ」

暴れ鶏《ペイジチキン》を押さえ込もうと全力を込めていたからか、胴体から分断された首を抱えたまま、俺は後ろへとすっころんだ。

ついでに、断面から吹き出した厄獣《モンスター》の血が俺の躯に降り注ぐ。ぶっちゃけ、もの凄く気持ち悪い。

「ユキナ様、ご無事ですか！」

慌てて駆け寄ってきたミカゲが、自身が血に濡れることなど意に介せず俺に駆け寄る。

「ああ、大丈夫だ。それよりもさすがはミカゲだ――うごっっ⁉」

「ユキナ様⁉」

ミカゲが起き上がるのを補助してくれるが、その最中に暴れ鶏《ベイジチキン》の首を抱えていた側の脇が強烈に痛み出した。

『そりゃぁな、自分よりも遥かかに図体デカい奴の突進を受け止めたんだ。肋骨の何本かにヒビが入ってるぜ。ヒビだけで済んだのは、常日頃の鍛え方が良かったからだな』

先程の悪ノリはどこへやら、グラムが呆れ果てたような言葉を呟く。やっぱりちょっと無茶すぎたか。

これはもしかしたらキュネイに怒られるかもな、と。脇腹に自前の治療《ヒーリング》を掛けながらぼんやりと思い浮かべるのだった。


――それから数日が経過した。

「で、勝負の行方は結局どうしたの？」

夜の診療所で、キュネイが俺に問いかけた。

俺の目の前のテーブルには所狭しと鶏肉の料理が並べられていた。全てがキュネイのお手製である。

俺とタムロの勝負は、一応は俺の勝ちということで幕を閉じた。

「一応はっていうのは？」

「最終的には、もう勝負どころじゃなかったからなぁ」

単に暴れ鶏《ベイジチキン》の討伐数を競い合うはずが、産卵期の雌個体を討伐するという事態に至った。この異常事態のせいで、勝負という形がご破算になってしまったのだ。

だが、ここで意外な展開を迎えた。

なんと、タムロが自ら負けを認めたのだ。

『……下の階級の傭兵に助けられて、その上であんな大物と戦う様を見せ付けられたんだ。これ以上あれこれ口出ししたら、それこそ俺はとんだ笑いものだ』

態度は決してよろしいとは言い難かったが、初対面の時よりかは随分と物言いに棘は抜けていた。

『てめぇのことは今でも心底気に入らねぇ。だが、それとは別に、あの女《キユネイ》に近付かねえってことだけは約束する』

態度は悪く乱雑な印象はあるものの、それなりに筋の通った男なのかもしれない。

もうおわかりかと思うが、タムロが因縁を付けてきたところから始まり、勝負に至った全てはもうキユネイにバレていた。というか吐かされた。

巨大暴れ鶏《ベイジチキン》の突進を止めた際の肋骨のひびはキユネイに治療してもらったのだが、その時の俺の態度で、彼女に自身が関わる何かが起こっていると気付かれてしまったのだ。

伊達に元は王都一の娼婦ではない。男の隠し事など、キュネイの前では不可能に等しい。

「黙ってたのは悪かったと思ってるよ。けど、お前に余計な気苦労は掛けたくなかったんだよ」

「それを言っちゃうと、私だってユキナ君に余計な苦労を背負って欲しくないわ。元はといえば、私が娼婦だったのが原因だったんだもの」

「馬鹿いうなよ。お前はやむにやまれない事情があってだろ」

キュネイは娼婦をしなければならない理由があった。彼女は他者の精気を吸わなければ生きていけないのだ。そこに文句があるはずがなかろう。

「それに、お前が娼婦だったおかげで俺はお前を見つけることができたんだ。そう悪し様に言うもんじゃねぇよ」

「もう、本当に女を喜ばせることに関しては口が回るんだから」

肩を竦めるキュネイだが、その辺に関して俺はあまり自覚はない。

ともあれ、勝負事云々を除けば今回の仕事はなかなかの実入りであった。あの依頼はタムロとの諍いに対しての罰則の意味もあり、実は本来入るはずの報酬よりも減額される予定だったのだ。

ところが、産卵期雌個体の出現は組合にとっても予想外であり、その原因は組合の事前調査不足ということになった。

組合の規則を半ば違反したことと、組合の調査不足を天秤に掛けたところ、その比重は組合の非に傾いた。よって報酬の減額はなくなり、加えて雌個体の討伐報酬も上乗せされることとなったのだ。

さらに、予定よりも多くの暴れ鶏《ベイジチキン》の肉が得られたことで、その一部は無償で俺たちのものにして良いことになった。

それが、今テーブルの上に並んでいる肉料理だ。

もちろん全てがキュネイのお手製。その味は、恋人贔屓ながらも店を開けるレベルの美味さだ。

「けど、肉が大量に手に入ったからにしちゃ、ちょぃと豪勢な気もするけどな。ミカゲも今日は私用で出かけてるし」

これだけのご馳走があるというのに、ミカゲは出かけてしまっている。夕食が別になることはあれど、今日は普段は食べられない暴れ鶏《ベイジチキン》の肉を使った料理。彼女をのけ者にしてしまったような気分になってしまうのだ。

「ふふふ、ミカゲはミカゲで色々あるのよ。それはそうとして、いつもお疲れ様」

キュネイは微笑みながら、いつの間にか手にしていた酒瓶を傾け、俺の手元に置いていたコップに注いだ。

美女にお酌をされるのって凄く役得だよなぁ、と暢気に考えながら、俺はコップの中身を飲み干した。

「⁇　妙な味だな」

上手いか不味いかを問われると、どちらかといえば後者だ。飲めなくもないが進んで飲みたいとも思わない味わい。まるで、苦い薬を飲んでいるかのような……。

「…………ん？」

俺は自身の胸に手を当てた。何やら、心臓の鼓動がいつもより激しい気がする。

最初は気のせいかと思ったが、そうではないとすぐにわかった。

何故なら、別にスケベなことを考えていなかったのに、躯の一部がもの凄く元気になっていた。

自己主張が激しすぎて、微妙に痛いくらいである。

「え？　なに？　どういう――――はっ⁉」

「ふふふ……」

ハッとなりキュネイの方を向けば、彼女は妖艶な笑みを浮かべ、頭からは角が生えていた。

「あの……キュネイさん？　何故に淫魔《サキュバス》になっていらっしゃるんですかね」

呼吸に熱が籠もり、逸る動悸を手で押さえながら俺はキュネイに訊ねた。

「知ってるかしら？」

キュネイは、ペロリと自身の唇を舐めた。まるで、極上のご馳走を目の前にしたかのような仕草。

「産卵期を迎えた暴れ鶏《ペイジチキン》の雌から取れる肝ってね、滋養強壮薬の材料になるのよ」

彼女の手が怪しく俺の太ももに触れる。それは徐々に上へと上っていき、俺のものを触れるか触れないかの微妙なところを撫でていく。

もしかしなくとも、その強壮薬を盛ったよね。確実に、俺が今呑んだやつに混ぜてたよな。薬みたいな味というか、まんま薬だったのかよ。

「その……実はめっちゃおこってらっしゃる？」

「どうかしら……」

顎に指を当てて可愛らしく首を傾げるキュネイ。

「でも、いつも私を心配させるユキナ君を、ちょっとだけ懲らしめたいって気持ちはあるかしら」

「……まさか、ミカゲがいないのって」

「ふふふ、ご想像にお任せするわ」

いつの間にか、キュネイは俺の膝の上に腰を下ろしていた。彼女の体温と躯の柔らかさが直に伝わってきて、頭がクラクラしてきた。

いつしか、俺とキュネイの唇が触れるか触れないかの距離まで近付いていた。その吐息が俺の唇に触れるだけで、興奮がさらに高まっていくのを感じた。

ここまで来たらもう腹を括るしかない。

だが、最後に言わせてくれ。

「その……お手柔らかにお願いします」

「お手柔らかにできるかは……あまり自信ないわね」

そう言って、キュネイは俺の唇を貪るかのように奪ったのである。

こうして俺は干からびる一歩手前までキュネイに搾り取られたのである。

side other

ユキナがキュネイから『お仕置き』を受けていたその頃。傭兵組合の一室にて、モニスとカランが顔を合わせていた。

「こちらが、今回の件を纏めた書類となります」

モニスは作成した書類をカランに手渡す。

「確かに受け取った。では今日はもう業務を終了して構わん」

受け取った資料に目を通しながらカランは言った。だが、業務の終了を告げたというのに、モニスが部屋を出て行く様子はなかった。

むしろ、まだ用件があるような様子だった。

「どうした、何やら気になることがあるようだが」

「……では、この際ですから質問させていただきます」

少し迷った末に、モニスは意を決したように口を開いた。

「どうしてカラン様は、あのユキナという傭兵を気に掛けているのですか?」

「ふむ……そのことか」

カランは一旦書類を机の上に置くと手を組み、試すような視線をモニスに向けた。まるで見透かされるような目に、モニスは反射的に唾を飲み込んだ。

「では、その質問に答える前に、私からも君に聞かせてもらおう」

「……なにをでしょうか」

「君の目から見て、ユキナという傭兵がどのように映ったのか、忌憚のない意見を聞かせて欲しい」

質問に質問で返す。普通に考えれば失礼な行いかもしれないが、相手は組合を総括する重役の一人。文句が言えるはずもない。

モニスは〝その時〟の記憶を呼び覚まし、言葉を選びながら話し始めた。

「……正直、今まで見てきた傭兵にはあまりないタイプに思えます。第一印象に反して凄く慎重で、組合職員《わたし》の話も聞き入れる素直さがありました」

腕っ節に自信のある傭兵——特に新人は、事務作業を主としている組合職員を軽視しがちだ。

その点でいえば、ユキナの態度は褒められたものだった。

「ですが、石橋を叩いて渡るほどの慎重さを見せたと思えば、それからは考えられないほどの大胆さもありました」

雌個体《ベイジチキン》の声を聞いてから、ユキナは無茶な行動の連続であった。状況を把握していながらも、モニスの制止も聞かずに鳴き声の下へと駆けだしてしまった。

そして、モニスが後を追い、現場に辿り着いたとき。

「まさか、あの巨体の突進を真正面から受け止める場面ですよ。正気の沙汰とは思えませんでした」

あんな芸当ができる傭兵が、この支部に何人いるだろうか。そもそも人間ができることなのか。実際に目の当たりにしたモニスも、未だに現実味がない光景だった。

だが、モニスはそこで思ったのだ。

あれほどの馬鹿で無謀な無茶をやらかす人間であるのならば、コボルトキングの一体や二体、討伐してしまうのではないか。眉唾であった話に、真実味が帯びたのだ。

「もちろん、あのような大物殺《ジャイアントキリング》しがそう続くとは思えません。今回は銀閃様が同行してらっしゃったからこその功績と私は考えます」

「それが君の意見か」

「以上となります。……では、失礼ながら先程の問いに答えていただけますか？」

モニスの言葉を受け、カランは頷いてから語り出した。

「今の話からは聞けなかったが、君も感じているのではないか？　彼がこの先も何かしでかすのでは、という予感を」

「それは――」

続くべき否定はモニスの口から出ることはなかった。そしてそれは、カランの言葉を肯定しているのと同じであった。

「これは元傭兵としての勘だがね。私は思うのだよ。あの若き傭兵が近い将来、この国に名を轟かせるほどの存在になるのでは、とね」

勝負の内容に暴れ鶏《ベイジチキン》の討伐依頼を選んだのは本当に偶然。産卵期の雌個体がいたことも、やはり偶然だ。可能性という点では考慮していたが、それでもかなり低く見積もっていた。

だが、実は四級傭兵が今回もまた何かをするのではないか、という気持ちがなかったのかと問われれば、答えはおそらく嘘になる。

だからこそ、ユキナとタムロの諍いに介入し、あの勝負を持ちかけたのだ。

「随分と、ユキナさんを目に掛けているのですね」

「君は違うのかい？」

「私の場合は、どちらかといえば問題児を抱え込んだ気分です」

「おっと、これは手厳しい」

部下の出した辛辣な評価にカランは苦笑した。

しかし、モニスの出した答えは、裏を返せばユキナという傭兵が将来的に何かするのではないか、という期待感の裏返しでもあった。

――モニスが去った後、カランは席から立ち上がると、窓の側に近付いた。

空を見上げれば、地上を照らす数多の星々の輝きが広がっていた。

そういえば、と。カランは銀閃《ミカゲ》が口にしていた言葉を思い出した。

「英雄……か」

今の世は、誰しもが『勇者』という強い星の光に注目している。来たるべき魔王復活の時、その光は希望となり、民衆を照らすことだろう。

だがもしかすれば、輝かしい星の側には、まだ誰も気が付いていない星があるのかもしれない。

そしてそれは、勇者という星に劣らぬ輝きを秘めた、『英雄』という星なのかもしれない。

勇者の輝きが希望であるのならば、英雄の輝きは果たして何を持ってして世を照らすのか。

「……少し、ロマンチストが過ぎたか」

誰も見ていないとわかりつつも、カランは恥ずかしさを誤魔化すように肩を竦めたのであった。

ノベルス

勇者伝説《ゆうしゃでんせつ》の裏側《うらがわ》で俺《おれ》は英雄伝説《えいゆうでんせつ》を作《つく》ります　～王道殺《おうどうごろ》しの英雄譚《えいゆうたん》～②

2020年4月1日　第1刷発行

著　者　ナカノムラアヤスケ

カバーデザイン　小久江厚＋石田隆（ムシカゴグラフィクス）

発行者　島野浩二

発行所　株式会社双葉社

〒162-8540　東京都新宿区東五軒町3番28号

［電話］03-5261-4818（営業）　03-5261-4851（編集）

http://www.futabasha.co.jp/（双葉社の書籍・コミック・ムックが買えます）

印刷・製本所　三晃印刷株式会社

［電話］03-5261-4822（製作部）

ISBN 978-4-575-24264-5 C0093　